スイート
リトル
ライズ

江國香織

幻冬舎

スイート
リトル
ライズ

江國香織

幻冬舎

スイート
リトル
ライズ

目次

1

ソラニン

まだ学校にいっていたころ、家庭科は決して得意ではなかった、と、オレンジの皮を入れた紅茶をのみながら、岩本瑠璃子《るりこ》は考える。だいたい教師がいけすかなかったのだ。瑠璃子は人の好き嫌いがはげしい。そして、決して得意ではなかったその家庭科の授業で習ったことで、忘れられないことがしかし一つだけあった。

ソラニンだ。

じゃがいもの芽には毒があり、その毒はソラニンという名前だ、と、そんなふうに教わった。

どのくらいたくさんの芽が必要だろう。クッキーを一口かじり、瑠璃子は考える。台所の隅に置かれた段ボール箱をちらりと見た。じゃがいもは、夫の郷里の帯広から毎年届く。茹《ゆ》でたり焼いたり揚げたり煮たりつぶしたり、ニョッキやパンケーキまでつくって食べても、夫婦二人では食べきれなかった。ごつごつした小ぶりのじゃがいもは、まだ二十やそこらは余っているだろう。そのうちのいくつかは、そろそろ芽が出始めていた。

「でも、瑠璃子さんが家庭科苦手だったなんて意外」

両手でティカップを包むように持ち、小首をかしげて藤井登美子が言った。

「うん、絶対意外」

瑠璃子は、

「そう？」

とかすかに微笑《ほほえ》んだだけでまたぼんやりした顔になり、じゃがいもの芽について夢想する。

つくだ煮がいいかもしれない。砂糖としょうゆで煮つめればいい。夫はいつもうちに帰って夕飯を食べるし、瑠璃子のだしたものなら何でも食べる。

「じゃあ、そろそろ私、失礼しますね」

登美子が立ち上がり、オーバーコートを着た。

「撮影は十九日ですからね。一時にカメラマンと一緒にうかがいますから、忘れないで下さいね」

「大丈夫」

瑠璃子はうけあった。

「クッキーすこし持っていく？」

「嬉しい。いいですか？」

瑠璃子はテディベア作家だ。学生時代に始めたベアづくりはただの趣味のつもりだったが、好きな気持ちが高じて一年間イギリスに遊学し、帰国後頼まれてグリーティングカードの表紙や宣伝写真用に貸しているうちにすこしずつ評判が広がった。小さな展覧会をひらくようになり、瑠璃子のベアを欲しいという人はびっくりするほどたくさんいて、すべて注文をうけてからつくるかたちをとっているのだが、いまでは助手を三人使っていても間に合わないほどだった。登美子の雑誌で特集を組まれたことも人気をあおった。去年から、表参道のファッションビルの地階に常設のコーナーもできた。さらに、瑠璃子は紅茶とお菓子の研究家――無論本人は研究している気などさらさらないのだが――としても、雑誌を中心にそこそこ名前を知られるようになっていた。

無理心中ということになるのだろう。

玄関で登美子を見送って、ドアに鍵をかけてリビングに戻りながら瑠璃子は考える。二人で仲よくそのつくだ煮を食べ、二人で仲よく死んだらそれはつまり無理心中ということになるのだろう。

暖房のせいで、空気がひどく乾燥してよどんでいた。瑠璃子は首に衿巻をまきつけてから窓をあけた。十二月の空はうす青く暮れかかり、つめたい風が、ベランダで育てている鉢植えのハーブの葉をふるわせている。真下にみえる街路樹はすっかり裸で、寒々しく枝をとがらせていた。

衿巻は夫のものだ。手ざわりのいいグレイのアルパカで、端に、アルマーニと刺繍された小さなタグがぬいつけてある。瑠璃子は、そのいささか長すぎる衿巻をぐるぐると幾重にもまきつけたまま、食器を台所に運んで洗い始める。残りのじゃがいもがすべて発芽するのに、あとどのくらい時間がかかるだろう。

岩本聡《さとし》は十代のころから早婚願望を持っていた。落ち着きたかったのだ。すこしでもはやく。

二十五歳で結婚した。三年前だ。仲間内では早婚の部類で、よく考えろなどと言う輩《やから》もいたが、聡は結婚を後悔したことは一度もなかった。

ただ、と、混んだ地下鉄に揺られながら聡は考える。ただ、彼女の情熱にはときどき参る。情熱。それもきわめて内向的な。たとえば、この三年間、聡は浮気をしたことなど一度もなかったし、疑われるようなことをした憶《おぼ》えもない。しかしそれにもかかわらず、もしもあなたが浮気をしたら、私はその場であなたを刺す、と、妻はたびたび宣言している。

電車の扉窓の闇に、色白で童顔の、自分の顔が映っている。

妻の瑠璃子とは、飛行機のなかで知り合った。学生生活最後の休暇旅行でヨーロッパにいった帰りの飛行機で、座席が隣りあわせになったのだ。聡の方から話しかけ、最後はかなり強引に連絡先をききだした。好みに合っていたのだ、ものすごく。

瑠璃子は聡より二つ歳上なので今年三十だが、その年齢よりもやや上に見える。無邪気さの代りに思慮深さを身につけているような女。聡はかつて友人にそう説明したことがある。要するに、大人びた態度に惹かれたのだ。聡の苦手な「女くささ」が、欠けているところもよかった。化粧気がなく、たいていジーンズにスニーカーをはいている。口調にもしぐさにも甘えたところはなく、かといって年上ぶった物言いもしない、おとなしくて瑞々しい、女だと聡は感じたのだった。

職場のある日本橋から三軒茶屋のマンションまでは、ドアトゥードアで五十分かかる。地下鉄ばかり三本――そのうち二本は直通なので実質二本――の乗り継ぎだ。聡はたいていウォークマンで音楽を聴いている。


夫は七時半に帰ってくる。瑠璃子はアイロンをかけながら時計をみた。残業のあるときには電話をくれるし、残業のすくないことが、外資系の会社のいい点だと瑠璃子はつねづね思っている。

夕飯は台所に準備されているし、食器はテーブルにセットされている。聡の好物ばかりだ。聡は元来偏食がちで、それをいかにバランスよく食べさせるかは、瑠璃子のひそかなたのしみになっている。

「ただいま」

鍵のあく音がして、瑠璃子は玄関にとびだした。

「おかえりなさい」

帰ってくる夫は外気の匂いだ。煙草はすわないのに、かすかに煙草の匂いもする。瑠璃子は手をうしろに組んで立ったまま、鼻をくんくんと動かす。

「きょう登美子ちゃん来たのよ」

いつものように、瑠璃子は一日の出来事を報告する。

「十九日にまた来るの。春のテーブルの写真を撮りたいんですって。いちごのお菓子をつくることになってるの」

ふうん、とこたえて聡は寝室にいき、スーツを脱いでジーパンになる。

「午前中はこれをつくったの」

瑠璃子は直径七センチほどのくまの頭をさしだした。目も鼻も口もついているがまだ耳はなく、首の位置に銀色の芯棒がつきだしている。

「なんていう名前なの」

グロテスクだ、と思ったことは顔にださずに聡は訊いた。

「ロバート」

手の上で頭をころがすように揺らしながら、瑠璃子はこたえる。

「ティムのお兄さんでナナの従兄《いとこ》よ。ティムとよく似てるでしょう？　おなじ生地でつくっているの」

洗面所で手を洗い、うがいをしているあいだにも、瑠璃子はそばに立って話しつづける。帰宅後ものの十分で、聡は妻のその日一日を、昼食の献立まで把握してしまうのが常だった。

無論、瑠璃子は聡の一日を根掘り葉掘り尋ねたりしない。それどころか、

「私はあなたに聞いてほしくて話しているだけで、私にもあなたにも、話す義務なんか全

然ないのよ」

などと言う。しかしその言葉の棘《とげ》というかプレッシャーは、当然聡をひるませる。朝七時半にうちをでて会社にいき、一日じゅう内勤で、六時半に会社をでて七時半にうちに帰るという単調な一日の、それでも何かを話さなくてはならないような気がしてしまうのだ。どっちみち、隠すことは何もないのだから。

「会社のトイレのドアの蝶番《ちようつがい》がゆるんでさ、ドアがすこしななめになっていて上手《うま》く閉まらない」

そんなことを言ってしまったりする。

「会社のコーヒーはどうしてああ不味《まず》いんだろう」

とか、

「寝不足だったから一日じゅう眠かった」

とか。瑠璃子はどんな話もまじめな顔で聞き、神妙にうなずく。

夕食がすむと、聡はたいてい自室でコンピューターをたたいてすごす。メールやインターネットもするが、主にゲームだ。最近は、サッカーチームやコンビニエンスストアの、経営ゲームに熱中している。二LDKのマンションは、リビングをほとんど瑠璃子が仕事場がわりにしているので、二つある六畳間の一つを寝室に充《あ》て、もう一つを聡が使っているのだった。

「どうして鍵なんかかけるの?」

結婚したばかりのころ瑠璃子に詰められたが、部屋の鍵をかけるのは子供の時分からの習慣で、いまもかわらない。

「お茶をいれましたけれどのみますか」

瑠璃子は聡の携帯電話に電話をかけてくる。

「あ、じゃ、いただきます」

わりとしょっちゅうですます調になるのは、結婚して三年たってもあいかわらずだ。

「お兄ちゃんたちへーん」

妹の文《あや》によくからかわれる。

文とは歳が八つ離れている。聡の卒業した大学の、現在三年に在学中だ。

「瑠璃子さんってかわってる」

文はよくそんなことを言う。

「でもお兄ちゃんもかわってるから、かわり者どうしでお似合いかもねー」

文にいわせると、聡は「コミュニケーション不全」で「無自覚な無気力」なのだそうだ。

「なーんか、欠落してるのよねー」

と、文は言う（文ちゃんの話し方、語尾をのばすところが『あばしり一家』の五え門みたいね、と、瑠璃子は言う）。

文とは、ほとんど別々に育った。べつに腹ちがいというわけではなくおなじ両親のもとに生まれたのだが、聡と文の両親は、ながいこと別居していた。二人とも北海道の人間だが、父親が単身赴任でずっと東京にいたのだ。聡は三歳から東京で父親と暮らし、その五年後に生まれた妹は、母親と一緒に北海道で育った。聡の目に両親はとくに不仲には映らなかったし、幼稚園からインターナショナルスクールに通っていたせいもあり、まわりの人間とちがう家庭環境に、とくべつ違和感もなかった。

ドアがノックされ、あけると瑠璃子がほうじ茶を持って立っていた。茶托には、そばぼうろが一つのっかっている。

ああいうゲームの、どこが一体おもしろいのだろう。

瑠璃子は、リビングでビデオデッキにテープをセットしながら考える。結婚してからの三年というもの、聡は夕飯がすむやいなや自分の部屋にいってしまう。ドアに鍵をかけ、妙なゲームに熱中している。

そのあいだ、瑠璃子は仕事をするか、ビデオで映画を観るかすることにしている。新作展前などの特別なときをのぞくと仕事はたいてい昼間するので、きょうのように、夜はビデオを観ることが多い。映画は昔から好きで、独身のころは月に四、五本観にいっていた。最近はもっぱらビデオだが、ビデオは、気に入ればおなじものを何度でもくり返して観られるところが好きだった。

それにしても、こんなに狭いマンションにいながら互いに顔をあわせないことや、もう二年ちかく肉体的接合がないことについて、夫は一体どう思っているのだろう。壁際にクッションを積み上げて膝掛けと共に腰をおろし、リモコンを片手に瑠璃子は考える。

子供は欲しくなかった。瑠璃子にとっては二人という数字こそ重要なのであって、「禁じられた遊び」のミシェールとポーレットのように、聡と寄り添って暮らしていきたいだけなのだった。

友達というものは過大評価されすぎている、というのが、まだ聡とつきあい始めたばかりのころに、意見が合って盛り上がった話題の一つだった。自慢ではないが、瑠璃子は友達がすくない。高校時代に親友と呼べる人間が一人できたが、大学で出会った人間とは結局一人もなじめないまま、大学を中退して留学してしまった。仕事を始めてから知り合った人々のなかで友達といえるのは藤井登美子一人だし、高校時代の親友と藤井登美子、それにイギリスで一年間ルームメイトだったアナベラの三人が、瑠璃子にとっての友達のすべてだった。

「へえ。三人か。でもそれ、俺もそうだな」

あのとき聡はそう言った。

「もっとひどいかも」

新宿の、高層ビルの上の方にあるイタリア料理屋で、そう言って聡はワインのグラスをのぞきこむようなしぐさをした。口の広いグラスに注がれた赤ワインは、聡がグラスをまわすのでまるく揺れ、照明をおとした店のテーブルで、深い色にひかっていた。

「俺は学生時代ずっとスキー部にいたし」

ワインをみつめたまま聡はつづけた。

「飲み会やコンパもそこそこ数はこなしたから知りあいはできたけどね、友達っていうのはいたのかどうか、わからないな」

「淋しかった？」

瑠璃子が訊くと聡はわらって、

「いや」

と即答し、

「いまの会社のいいところは、普通の日本の企業みたいに、下らないつきあいが要求されないことだって思ってるくらいだから」

とつけたした。瑠璃子が聡をいいと思ったのはあのときが最初だったし、だからこそ、その後文が初対面の瑠璃子に、

「あたしだったらお兄ちゃんみたいに友達のいない奴は絶対やだな。男の惚《ほ》れる男っていうの？　やっぱりそういうひとじゃないとねー」

と言ったときにも、

「それは偏った見方だと思う」

と、聡をかばうような発言をしたのだった。

「二人で寄り添って暮らせないとしたら」

リモコンのスイッチを入れ、瑠璃子は声にだしてひとりごちる。子供も友達もいらない

が、別々の部屋でビデオとゲームを相手にするのはいやだった。檻のなかの二匹のゴリラだって、性的快楽は分けあえるのに。

「二匹のゴリラにさえなれないなら、それはやっぱりソラニンだわね」


新年はひっそりとやってきた。元旦の東京は天気がよく、瑠璃子は七時に起きて仕事をした。三月には小さな展覧会が予定されている。『風と緑、田園のベアたち』というタイトルは登美子が考えた。登美子は瑠璃子のつくるテディベアの初期からのファンで、

「表情が毅然《きぜん》として、媚《こ》びていないところが好き」

だという。

「瑠璃子さんのベアって瑠璃子さんみたい」

とも。

暮れに、瑠璃子と聡は例年どおり伊豆の温泉に一泊した。聡の父親の会社の保養施設で、毎年割引券が届く。今年は二十九日の夕方に着き、三十日の昼前には向うをでた。その間、瑠璃子が三度、聡が二度温泉につかり、あとはずっと部屋ですごした。聡は宿にコンピューターゲームを持ち込み、ほとんど徹夜で遊んでいた。ずっと品切れだったゲームソフトを、やっと手に入れたところだったらしい。瑠璃子はそばで本を読んでいた。おなじ場所でなら、ちがうことをするのはとても心地がいい、と、湯上がりのほてった足を投げだして、瑠璃子は思った。見たいときに顔を見られるし、触りたいときに体に触りに行かれる

から、と。

綿つめ用のスティックでくまの足に綿をつめていると、聡が起きてリビングに顔をだした。

「おはよう」

あたりに散らかった綿や型紙、目打ちやハサミやラジオペンチをみまわして、

「やってるね」

と言う。

「おはよう」

瑠璃子はにっこりしてまずそう言い、それから床に正座をして新年の挨拶をした。

「あけましておめでとうございます。今年もよろしくお願いします」

聡もおなじようにした。

「コーヒーでいい？」

瑠璃子は立ちあがり、ふたたびにっこり微笑むと、台所にいって普段どおりの朝食をつくる。


「どうしても瑠璃子さんのベアを欲しいっていう人がいるんですけれど」

登美子からそんな電話がかかったのは、一月も半ばになってからだった。

「十二月号のクリスマスケーキの写真の奥に写ってる、クリーム色のベアが欲しいって」

「クリーム色？」

ナナだった。ナナは展覧会や写真撮影用のベアで売り物ではない。

「だめだわ」

瑠璃子は、できるだけそっけなく響くように気をつけて声をだした。ナナを譲ること自体に問題はないのだが、例外をつくってしまうときりがなくなるからだ。

「私もそう言ったんですけれど、どうしても作者に直接訊いてみてほしいって」

瑠璃子は受話器を持ったまま首をすくめた。

「表参道のショップを教えてあげて。あそこに似た感じのものがあるから」

ガラス窓ごしにすっかり暗くなったおもてをみる。道をはさんだ向い側に大家のうちがあり、大家のうちの庭には白い椿が咲いている。

「そうですね」

登美子は言った。

「じゃあ、そうします」

こんなふうに、特定のベアを欲しいという人はめずらしくない。瑠璃子自身、いままでにいくつかのベアとそうやって出会い、無理を言って譲ってもらっている。

「あやまっておいてね」

と、つけたして電話を切った。販売用のベアの製作はスタッフがしているが、撮影用のオリジナルは瑠璃子が一人でつくっている。個々の注文にはとても応じきれない。

「ただいま」

玄関で声がして、時計をみると七時半だった。

「おかえりなさい」

瑠璃子はいそぎ足で廊下にでる。

「寒かったでしょ。ごはんの前に甘酒をのむ？

今朝つくってたグレイのベアね、あなたは足が大きすぎるって言ったけど、あれでちょうどよかったみたい。

昼間ね、植木の行商のひとが来たのよ。茨城から来たんですって。一鉢買ったの、きれいでしょう？　七福っていうんですって。そのうち葉っぱが赤くなるって言ってた。どうだかわかったものじゃないけれど」

台所には、夕飯の準備がととのっている。

2

恋

このうちのなかでいちばん苦手な場所は寝室だ、と、聡は思う。白とブルーで統一され、ダブルベッドとパイン材のチェスト一つですでにその六畳間は十分きゅうくつなのだが、そのチェストの上に十五体ものベアがいるのだ。無論、一体ずつにちゃんと名前がついている。

聡は寝返りをうった。土曜日。カーテンの隙間《すきま》から日ざしがほそくさしこみ、枕元の時計は八時半をさしている。コーヒーの匂い。瑠璃子はとても早起きだ。

クリーム色のパジャマは妻の手づくりだった。薄手のネルでできていて、あたたかいし非常に着心地がいい。ただしデザインは厄介で、なにしろずぼんがないのだ。ちょうど膝が隠れる丈の、筒型というのかワンピース型というのか。かつてイギリス暮らしをしていた妻は、イギリスでは男のひとたちもこういうのをときどき着ている、と言うのだが、聡は信じていなかった。パジャマには揃いの帽子がついていたが、それをかぶって寝たことはない。自分がまぬけのようにみえるからだ。まぬけのように、あるいはディケンズの小説の主人公のように。瑠璃子のベアの一つのように。

「起きた？」

あかるい声とともに、瑠璃子が部屋に入ってくる。カーテンをあけ、ベッドのわきに立って聡の顔をのぞきこんだ。

「卵はどうする？」

疾《と》うに目をさましていたのだが、聡はなぜだかたったいま目がさめたというふりをする。

「いい天気なんだね」

すこし呻《うめ》いて眠そうな声で言った。

「すっかり春っていうお天気よ。団地の庭のれんぎょうみた？　聡はいつも会社にいくときどの道を通ってるの？」

展覧会が成功したせいもあり、ここのところ瑠璃子は機嫌がいい。

「どうしたの？　まだ起きないの？」

不思議そうな顔で訊く妻に、いや起きるよ、とこたえながら、一つの質問をしたら、それにこたえる前に次の質問をするのはやめてほしい、と、聡は思った。そういうふうにされるとこたえるタイミングを失って、だからたとえば卵をどうしてほしいかについて、もうこたえられなくなってしまった、と。

「でかけるんでしょう？　きょう」

チェストの上のベアをならべかえながら瑠璃子が訊き、

「夕方からね」

と、聡は着替えながらこたえた。大学のスキー部時代の仲間のあつまりが、半年に一度くらいあるのだ。聡はしばらく欠席していたが、今回は重い腰をあげることにした。電話がかかったのだ。ひと月ほど前だったと思う。どこかの公衆電話から、三人でかけてきた。

——お元気ですか。

三人のなかには三浦しほもいた。

——岩本さん今度もいらっしゃらないんですか?

——今回あたしたちが幹事なんです。

——お会いしたいなあ。

三人はかわるがわる電話口にでてそう言った。

——お忙しいとは思いますけど、よかったらちょっと顔をだして下さるだけでも。

気がつくと、いく約束をしていた。うん、そうだね、ひさしぶりに顔をだしてみるかな。億劫《おっくう》な気持ちもあったが、なつかしい気持ちもあった。あいつらを決して嫌いではない、と、聡は思う。

——よかった。電話した甲斐《かい》があったわ。

そう言ったのは三浦しほだった。

三つ歳下の三浦しほは、聡が四年のときの新入部員で、だから実質的にはほとんど一緒に活動していない。それでも憶えているのは、彼女がかわいらしかったからだ。彼女はとてもかわいらしく、そして、あきらかに聡に好意をもっていた。

当時聡にはつきあっている女がいたし、三浦しほとのあいだに何かがあったわけではなかった。それでも、聡は異性の――それもあながち興味がなくもないタイプの異性の――視線に気がつかないほど鈍感ではなかったし、誕生日やクリスマスにかこつけて手渡される贈り物は、卒業したあとも一年ほどつづいた。

もしあの日瑠璃子と出会っていなければ、しほとの関係はおそらくいまと違っていただろう、と、ごく正直なところ、聡は思っていた。

「あれ。それで卵はどうするって言ったっけ」

寝室をでていきながら瑠璃子が訊いた。

「……なんでもいいや」

はい、と従順な返事をし、瑠璃子は台所にいった。

瑠璃子は今朝も六時に起きた。正確にいえば五時五十分にだ。台所の壁にぶらさがっているラジオをつけて、ＦＥＮの六時の時報とそれにつづくニュースと音楽番組を聴くのが習慣になっている。瑠璃子は習慣になっていることをするのが好きだ。わかりやすいし、やすらかだからだ。

ベランダの鉢植えに水をやり、ゆっくりコーヒーをいれる。平日は聡も七時には起きてくるが、週末はもっと寝るので瑠璃子は二、三時間一人だ。アイロンをかけたり本を読んだり、鍋を磨いたりぼんやり窓の外をみたり、たまに頼まれる原稿を書いたりしてすごす。

きょうはアイロンをかけながらビデオを観た。「恋愛の法則」という映画のビデオだった。アイロンをかけおわるとビデオを観ながらグレープフルーツを食べて、それから煙草を一本すった。マルボロライツだ。煙草は一日十本以下ならすってもいいことになっている。勿論《もちろん》聡は数えたりしないが、瑠璃子は約束を破ったことはない。約束は大切だと思っている。とくに、どうでもいいような約束は。

「あ、落とした」

顔を洗い、さっぱりした様子でやってきた聡が、皿の上のポーチドエッグをみて言った。

「嬉しいな。落としが食べたいと思ってたんだ」

へんなの、と、瑠璃子は思う。へんなの。それならさっきそう言えばよかったのに。ただし口にはださなかった。かわりに、

「よかった」

と言い、にっこり微笑んで、

「私たち、気持ちがちゃんとつながってるのね」

とつけたした。

展覧会は好評だった。

先週と先々週の二週間、南青山の小さな画廊で、新作ばかり十九点展示した。売ることにした十体は、最初の一週間で完売だった。

――瑠璃子さんのベアはほんとにみんな意志的な顔をしている。

登美子はまじめにそう言ってくれたし、

――たしかに独特の雰囲気があるよね。

と、画廊のオーナー夫婦も口を揃えた。でも、と、聡のカップに二杯目のコーヒーを注ぎながら瑠璃子は考える。でも、私がいちばんみてほしいひとはみてくれなかった、と。

「ヨーグルトもっと食べる？」

聡は新聞に目をおとしたまま、もういい、とこたえた。

「果物は？」

「いらない」

勿論、と、自分のカップ――白地に青い貝殻の柄のついた北欧製のマグカップ――にもコーヒーをみたして瑠璃子はさらに考える。勿論、ベアなど趣味のものなのだから、好きなひともいれば嫌いなひともいる。聡がベアに興味を持っていないことはわかっている。それでも、ベアではなく私に対する義理なり愛情なり興味なりポーズなり、で、一度くらいのぞいてくれてもよさそうなものではないか。

文は初日にやってきた。

――ぬいぐるみって不気味。

ひとわたりみたあとで、そう言った。

――でも盛況でよかったねー。

義妹は膝丈のスリップドレスに紺色のセーター、赤いストッキングという目立つ恰好をしていた。

最終日に、どうしてもナナを欲しいというひとが来た。すこし前に電話をくれたひとらしい。男のひとだった。

――岩本瑠璃子さんですか。

瑠璃子をみると、近づいてきてそう訊いた。はいていたずぼんのポケットから、雑誌の切り抜きをとりだして、

――このくまを探しているんですけれど。

と言った。瑠璃子は、その様子が刑事ドラマで行方不明の人間を捜している刑事みたいだったので可笑《おか》しかった。男とくまが、全然ちぐはぐなとりあわせにみえたのだ。

――表参道のお店にもいったんですけれど、おなじものはみつからなくて。

瑠璃子は、ナナならうちにいるもの、と思ったが、言わなかった。かわりに、

――テディベアがお好きなんですか。

と訊いてみた。いや、と言って男は笑顔になり、首をすこしかしげた。笑うと、そげた頰にくっきりとたてじわが入る。二十代後半だろうか、髪にあかるい色のメッシュをいれた男だった。

――いや、そういうわけじゃないんですけど。

男は、親指に銀色の指輪をはめていた。

——彼女が気に入っちゃって、どうしても欲しいって。

言いにくそうに言った。

——やさしいのね。

いいですよ、と瑠璃子があっさり言ったとき、男はむしろおどろいたようだった。

——いいんですか。

——いいですよ。あのくまはナナっていうの。

どのベアにとっても、望んでくれるひとの元《もと》がいちばんいいと瑠璃子は信じている。


午後、瑠璃子は桜のリキュールを使ったお菓子を試作した。部屋にこもってコンピューターゲームに熱中しているらしい夫に携帯電話をかける。

「お茶、のみますか」

「え、あ、じゃあいただきます」

緑茶をいれ、桜のムースと一緒に運ぶ。しずかな土曜日。

結婚を決めたとき、瑠璃子は聡に恋い焦がれていたわけではなかった。聡の方が積極的だった。いつのまに立場が逆転してしまったのだろう。休みの日に部屋に鍵をかけ、一人でゲームをしているなんて中学生みたいだ、と、瑠璃子は思う。そうしてうんざりすることには、その中学生みたいな聡がいなくては、瑠璃子はいまや、なにひとつできないのだった。

「恋？」

粉引《こひき》の茶碗に入った緑茶を一口啜《すす》り、聡は不思議そうに訊き返した。

「そう、恋」

と言って瑠璃子はうなずく。

「このうちには恋が足りないと思うの」

聡は一瞬黙り込んでから、

「そんなことないよ」

と言った。根拠も説得力もなかった。

「あるわ」

瑠璃子が言うと、聡は困った顔をした。テレビ画面には小さな棒グラフが六つ映っている。架空の世界で聡の経営する店の、六つの商品の売り上げの比較だ。

「じゃあどうすればいいの？」

聡が訊き、瑠璃子は首をふって、

「わからないの」

とこたえる。

沈黙のなかを、テレビゲームの軽薄な音楽が、しぼったヴォリウムで流れていく。

二人でいるといつもこうだ、と、瑠璃子は思う。どうしていいかわからなくてたちまち途方に暮れてしまう。

「ほんというと恋が必要なのかどうかもわからないの」

表情の読み取れない顔で瑠璃子は言った。

「ただ、ないということがわかってるだけでね、それは、もしかしたら、不要だからないのかもしれない」

「この家に、恋が？」

聡はでくのようにくり返し、瑠璃子はうなずく。

「あなたといると、ときどきとても淋しくなるの」

聡は瑠璃子にきこえないように、胸の内だけでため息をつく。

「ごめん」

とりあえずあやまった。


場所は恵比寿だった。線路のすぐわきにあるカフェというか小さなバーで、雑草の生えた軒先に、簡素なテラス席もある。

入口で会費を払い、見知った顔の一つずつにそれなりの対応をしながらカウンターでビールをうけとると、聡はすでに、来たことを後悔し始めていた。おもてはまだ夕暮れだが店のなかは暗く、マイケル・ボルトンが流れている。

「岩本！」

随分となつかしげに近よってくる人間たちに、いちいち笑顔を返して近況を話す。

三浦しほの姿を目で追っている自分に気づいて困惑した。しほはたしかに可憐だったが、すこし健康的すぎる気がした。ベージュのスウェードのジャケットに揃いの短パン、タイツにブーツという恰好のせいかもしれないが、パイナップルのつきささったカクテルを手に友達と談笑するしほは、快活そのものにみえた。聡はもっとはかなげな女が好みだった。

「ひさしぶりだな、忙しいのか?」

いつのまにか隣のスツールに腰掛けていた根本が、煙草に火をつけながら言った。学生時代、根本とは親しかった。

「いや、そうでもないんだけどな」

「このところお前顔みせなかったから、結婚した途端にでてこなくなるなんて女みたいな奴だって、悪口言ってたんだ、みんなで」

「ひでえな」

聡は弱々しくわらった。BGMはすこし前からスティングに変わり、FRAGILE やMAD ABOUT YOU や IF YOU LOVE SOMEBODY SET THEM FREE が流れている。

「来て下さったんですね」

すぐ横で声がして、ふりむくと三浦しほが立っていた。

「嬉しい」

ほんとうに嬉しそうな顔をする。女の子というのが、こんなふうに感情を躊躇《ちゅうちょ》なくおもてにだせる勇敢な生き物だということを、聡はひさしぶりに思いだした。

「ひさしぶりだね」

ついいましがたまで根本のすわっていた、隣のスツールを勧めながら言った。

「就職したんだよね、もう」

しほは目をまるくした。

「ひどーい。もう三年たつんですよ。就職してから二度もお会いしてるのに」

天井では四枚羽根の扇風機がゆっくりとまわっている。

「私のことなんて歯牙《しが》にもかけてないんでしょ」

おこった顔をつくって言った。

「失礼失礼、申し訳ない」

聡は笑いながらあやまった。きょうはあやまってばかりだ。

「で、どんな仕事してるの？」

しほはにっこり微笑むと、やおら足を肩幅にひらき、バスガイドのようにマイクを口につける恰好をして、

「まず、走らない。走るところびますからね。ころぶと鼻血ぶーになっちゃいますから」

と言った。

「次に、匍匐《ほふく》前進はしないこと。笑ってらっしゃいますけどね、実際いるんですよ、するかたが。場内暗いですしいろいろ障害物がありますからね、ぶつかると鼻血ぶーになっち

ゃいますから」

しほは鼻血ぶーを連発する。

「五発でエネルギー切れになりますから、そうしたらエナチャージャーによる補給が必要です。エナチャージャーは場内三カ所に設置してありますから、チャージにいくときも走らないようにしましょうね。エネルギー切れの人を撃っても得点にはなりません」

なんのことだかさっぱりわからなかったが、聡は感心したふりをする。

「なにかのコンパニオンとかそういうもの？」

「遊園地」

しほは言い、ほとんど氷だけになっているグラスの中身をストローで啜った。


「遊園地？」

眉間《みけん》に訝しげな皺《しわ》をよせ、瑠璃子は聡のさしだしたチケットを手にとった。

「ぜひ奥様とお二人でどうぞって」

リビングには布やハサミやワイヤーや綿が散乱している。

「いく？」

瑠璃子が訊くと、聡は興味がなさそうに、どちらでも、とこたえた。瑠璃子は遊園地に興味はなかったが、聡との外出はいつも嬉しかった。

「私もどっちでもいいわ」

チケットを返して言った。

「お茶をのむ？」

「いらない」

テーブルじゅうにひろがった道具をそそくさと片づけながら、瑠璃子は夕方以降の出来事を報告する。

「帯広のお母さんから電話があってね、また宅配便を送ってくれたんですって。お菓子とワインが入ってるって。それからひさしぶりにベランダにトラ猫が来たの。ほらあのしっぽの短い猫ね」

聡は二次会にはいかなかった。

おなじように一次会で帰った三浦しほと地下鉄に乗った。

——スキーにはいってないんですか？

吊り革につかまった白い手首に、ごついスウォッチがはまっていた。

——いってないなあ、しばらく。

結婚したばかりの冬に、瑠璃子と二人でいったのが最後だった。

——いきません？　春スキー。根本さんたちと計画してるんです。

スキーは無論好きだった。毎週のように滑って、それでも春がくると滑りたりない気持ちでたまらなく淋しくなったようなころもあった。食事もせずに滑った。宿の部屋までフォームの研究をしたりした。

――遠慮しとくよ。

そうこたえたのはなぜだかわからない。単に億劫だったせいかもしれないし、いつかの瑠璃子の言葉のせいだったかもしれない。もしもあなたが浮気をしたら、私はその場であなたを刺す。その言葉は聡の心臓の裏側にはりついている。うすいうすい皮膜となってはりついて、心臓の動きを鈍らせる。

恋が必要なのかどうかもわからない。

昼間、瑠璃子はそう言った。必要なのかどうかもわからない。それは一体どういう意味だろう。


――奥さんってどういうかたですか?

電車のなかで、しほが訊いた。

――どうって、そうだなあ。

こういう質問にどうこたえればいいのか、聡はいつもほんとうにわからない。

――けっこう美人かな。

冗談めかせてすませようと思ったが、そうもいかなかった。しほが真顔で、

――それは知ってます。

と言ったからだ。

――披露宴の二次会に招《よ》んでいただきましたから。

――あ、そうだったね。

しほは天井を向いて息を吐いた。

――いやんなっちゃう。私ってほんとに存在感ないんですね。

そんなことないよ、と言ったがあとの祭だった。

――奥さんおうちでお仕事されてるんでしょう？

しほは質問の手をゆるめなかった。

――喧嘩《けんか》したりもするんですか？

聡は、瑠璃子と一度も喧嘩をしたことがなかった。そう言うとしほはおどろいた顔をした。

――一度も？　それ、すごくめずらしくありませんか？　仲いいんですね。

――仲がいいっていうのかなあ。

聡は曖昧《あいまい》にわらって、

――あのひとは現実感が希薄だからな。何をしても怒らないんだ。

とつけたした。ガラス窓のなかのしほの表情が、たちまち興味をひかれたらしく動いた。

――何をしても怒らない？

――彼氏とかいないの？

知りたくてというより話題をかえたくて、聡は訊いた。

――いません。

しほはきっぱりとこたえた。あれはすこしきっぱりしすぎていた、と、うちに帰ったあとの聡が思うほどに。

このうちには恋が足りない。

それはたとえば、しほくらいの年齢および状況の女の子の言うことではないだろうか、と、聡は考える。テーブルの上に置き忘れられた黒いボタン――くまの目になるものなのだろう――をぼんやりみつめながら。

「ふうん」

テーブルの向うで瑠璃子が言った。

「それだけ?」

ボタンは、目になるものだといったん知ってしまうと、こんなふうに妻がしまいそびれるたびにぎょっとする。片目が落ちているようで。

「それだけって?」

「遊園地につとめている女の子に券をもらって、根本さんとビールをのんですこし話して、誰かが合宿の写真を持ってきていて、それだけ?」

「うん。それだけ」

聡は言い、風呂に入るべく着ているものを脱いだ。

「お風呂に果物を持っていきましょうか?」

「いや、いい」

リビングですべて脱いでしまうようになったのは、結婚をしてからだ。脱衣所が狭いせいだ。

瑠璃子のラジオから十一時の時報が流れる。風呂からあがれば、聡はやわらかいパジャマを着るだろう。やわらかくて清潔なパジャマだ。そして白とブルーに統一された、ベアたちの待つ寝室で眠る。

3

飢餓

雨が続いていた。

瑠璃子は雨が嫌いではない。他の二部屋にくらべてそこだけが随分ひろい、一人でいるにはすこしがらんとしすぎているといつも思うそのリビングで、瑠璃子は窓の外をみながら緑茶を啜る。雨の日、緑茶の緑はやわらかく冴えてきれいだ。

午前十一時、瑠璃子はひさしぶりに国際電話をかけた。

「ここは雨なの。そこも雨？」

いきなりそう言うと相手は一瞬沈黙し、

「ルゥリコ？」

と、軽いおどろきと親しい響きのこもったなつかしい声でこたえた。

「そう。私」

バーミンガムは午前二時だ。アナベラはいつも夜中に仕事をする。瑠璃子は、狭いが居心地のいい、アナベラのアパートを目の奥に思い浮かべた。数年前の夏に遊びにいって、五日泊めてもらったアパート。

「嬉しいわ。おどろかすのね。元気なの？」

かつてのルームメイトは言った。

「ええ、元気よ」

平均して半年に一度、瑠璃子はアナベラに電話をかける。用事もなく、思いたって。

「仕事は順調？」

アナベラの声は低く、落ち着いていて耳に快い。

「ええ」

「まだ結婚しているの？」

「そうみたい」

瑠璃子がこたえると、受話器の向うで友人は笑った。

アナベラは瑠璃子より二つ年上で、独身主義者だ。長くつきあっているボーイフレンドはいるが、入籍も同居もしないと決めていた。ボタニカルアーティストと呼ばれる植物の絵ばかり描く画家で、瑠璃子は彼女の描く繊細な水彩の薔薇が好きだった。

「こっちに帰ってくる予定はないの？」

瑠璃子がイギリスにいたのは短期間だったが、アナベラは「帰ってくる」という言葉を使った。

「あなたの息子が淋しがってるわよ」

息子というのは瑠璃子が贈ったベアのジョジョだ。

「よろしく言って。そのうち会いにいくわ」

留学中、瑠璃子がまるで男性に興味を示さなかったので、アナベラははじめ瑠璃子を同性愛者だと思ったらしい。やがて誤解はとけたのだったが、それまでは瑠璃子を警戒していた、と、アナベラはあとになって教えてくれた。本人の主張するところによると、同性愛者に好かれやすいたちなのだそうだ。

「雨はどのくらい降ってるの？」

アナベラが訊いた。

「ひどくではないけれど、やみそうにはないかんじ」

「そう」

すこしのあいだ、沈黙が流れた。

「話せてよかったわ」

「こちらこそ」

聡と結婚する前の瑠璃子をよく知っていて、いまの瑠璃子を知らない人と話をすると落ち着く。これは、瑠璃子が結婚して発見したことの一つだった。

雨は依然として降りつづいていたが、おもての空気が、電話の前よりもあかるくなったような気がした。

聡は雨が苦手だった。鬱陶《うっとう》しいと思う。通勤電車の空気がよどむし、他人の傘が足に触れてずぼんを濡らすのも不快だった。

「どうぞ」

女子社員の声がして、机にお茶が置かれる。

「ありがとう」

聡はにっこりしてこたえたが、あまりのみたくはなかった。瑠璃子はたしかにお茶をいれるのが上手い、と思う。日本茶でも紅茶でもコーヒーでも、瑠璃子のいれるそれは、いつでも味がよかった。

三浦しほは、あれからときどき会社に電話をかけてくる。一度、帰りに待ち合わせをしておでん屋にいった。偏食がちの瑠璃子とちがい、しほはよく食べ、よくのんだ。加えて、よく喋《しゃべ》った。

——その子供、迷子のくせにやけに元気で、お父さんが来るまでゴーカートにのりたいとか言いだしちゃって、待っても全然お父さん来ないし、もうとほほの保母さん状態だったんですよ。

そう言って笑った。小さなグラスで黄金色のビールをのみほす。

——タフな仕事してるんだね。

聡はしほの横顔をみながら感心してみせた。事実、感心していた。自分にはとてもできない仕事だと思った。

聡は現在情報システムを使って、自動車保険の契約に関する処理業務をしている。とくべつおもしろい仕事ではないが、とくべつつらい仕事でもない。

――きょう私と会っていること、奥さん知ってます？

しほが訊いた。

――え？　ああ、うん。さっき電話したから。

――なあんだ。

わざと不満そうに言ったしほの横顔を、聡は笑いながら眺めた。カウンターの向うでは、おでん種がやわらかな湯気を立てていた。


何でも一人でできると思っていた。

マルボロライツに火をつけて煙を吐き、瑠璃子は眉間にしわをよせた。

子供のころから独立心が旺盛だったし、女の子どうしがいつもくっついて行動しているのを、ひどくばかげていると思っていた。大学を中退するときも迷いはなかったし、イギリスですごした一年間も、一人ですべてに対処した。

男につくすことは嫌いだった。聡はつくされることを望んでいないように見えたし、現に一つ屋根の下に暮らしてからも、部屋で一人ですごすことを好む。ちょうどいい組み合わせだったはずだ。

それが一体いつからこういうことになってしまったのだろう。

一日に何度か、瑠璃子は聡の携帯電話に電話をかける。会社にいるあいだ、聡は携帯電話のスイッチをオフにしているが、伝言を残しておけば数分後にかけ直してくれる。伝言は簡単なものばかりだ。

瑠璃子です。電話下さい。

とか、
瑠璃子です。いいお天気ね。

とか。

声がききたくなるのだ。どうしても。

「まさか、毎日そんなことしてるんですか？」

いつだったか、現場を目撃した藤井登美子がおどろいたようにそう訊いた。

「それで、聡さん毎回かけ直してくれるんですか？」

瑠璃子が肯定すると半ばあきれた顔で苦笑して、登美子は、

「愛ですねえ」

と言ったのだった。

あのときの違和感を、瑠璃子はいまでもはっきりと思いだすことができる。無論、それは愛などではないことを、瑠璃子は知っていた。電話をかけてしまうことも、すぐにかけ直してくれることも。

その証拠に、聡の声をきいても瑠璃子は幸福にならなかった。嬉しくさえならない。

しかしそのことを、登美子に説明するのは不可能だと思った。愛でないなら何なのか、

なぜ電話をしてしまうのか、自分にさえ説明がつかないからだ。

先週、聡が風邪をひいた。

熱はそれほど上がらなかったが、下痢がひどく、二日ほど会社を休んだ。瑠璃子はすばらしい看護婦になった。熱を計り、薬をのませ、パジャマを替え、お粥《かゆ》をつくり、病院につきそっていった。

聡が会社に戻った日、途端に手持ち無沙汰になって困った。もう一日休めばよかったのにと思った。二日でも三日でも四日でも、いっそ会社を辞めてしまってもよかったのに、と。

瑠璃子は眉根《まゆね》を寄せ、煙草の煙をほそくながく吐く。窓には透きとおった雨粒がつき、ガラスのあちこちを、それが線になって流れ落ちていく。


めったにないことだったが、聡は今夜一人で外食をしなければならなかった。瑠璃子は客の一人と食事をするらしい。とても感じのいい人だしカップルで来るから、聡も一緒に来て？　と、質問のように誘われた。知らない人間と食事をするのは苦手だし、妻の仕事には関わらないことにしているので断った。ちょうど、いくらか残業もあった。

はじめ、しほを誘うことを考えたが、億劫になり、結局、吉野家ですませることにした。びしょびしょと雨が降っている。

吉野家はひさしぶりだった。通勤電車のなか同様、ウォークマンで音楽を聴いたまま食べる。たいていの客は一人で、雑誌に目をおとしたまま食事をしていた。玉《ぎょく》つきの並盛四百五十円が、特価の三百五十円になっていた。

　店をでると、夏のはじめの夜気はしっとりとつめたく、電信柱も路駐車も路駐自転車も、街灯と月あかりの下で気持ちよさそうにじっとしていた。

　瑠璃子は、もう帰ってきていた。

　窓のあかりでそれがわかったので、聡はドアチャイムを鳴らした。

「おかえりなさい」

　ドアがあき、瑠璃子が顔をだす。

「早かったのね。ごはんは食べた？」

「うん」

　とこたえて靴をぬぐ。

「なにを食べたの？」

「牛丼」

　着替えをし、手を洗ってうがいをする聡の横で、瑠璃子はいつものように一日の報告をする。

「津川さんの彼女というひとに会ったわ。きれいなひとだった。黒い長い髪をしててね、フランス語の学校に通ってるんですって。私より年下なんだけど、すごく大人っぽいひとだった」

「ふうん」

瑠璃子が誰の話をしているのかわからなかったが、とりあえず相槌《あいづち》をうった。

「値上がりしたのね、新玉川線。ひさしぶりに乗ったからびっくりしたわ。

バス停のそばに白い大きい家があるでしょう？　あの家の庭に犬がいるの、知ってる？

大きなおとなしい犬。私が通ると門のきわまでてでてくるようになったのよ」

「へえ」

タオルで口元をぬぐい、洗面所の電気を消す。

「津川さんってすごくかたちのいい手をしているの。骨っぽくて、動物的なかんじ。親指に銀色の指輪をはめてるの」

寝室のクロゼットからジーンズとダンガリーシャツをだして身につけるあいだも、瑠璃子はそばで何か喋っていた。

「それで、どうだったの？　会食は」

聡が尋ねると瑠璃子はたちまち口をつぐみ、それからびっくりしたように、

「全然きいてないのね。さっきからずっとその話をしてたのに」

と言うのだった。


夜中になっても、雨はやまなかった。

外出嫌いはいまに始まったことではない。瑠璃子は昔から人混みが嫌いだった。

ただ、あきらかに結婚によって変わったことがあった。さっきのように誰かとたのしく食事をしているさなかに、突然うちに帰りたくなることだ。うちに。聡のいる場所に。

——ショップのかたにも藤井さんにもきっぱり断られていたから、あのときには実際びっくりしたな、あんまりあっさり譲ってもらえて。

津川春夫が喋っていた。隣には髪の長い女がいて、しずかに微笑みながら津川の話をきいていた。

——ごく単純な意味において、運命っていうものを信じているの。

瑠璃子は言った。

——人間にもベアにも、それぞれに運命はあると思うから。

津川に会うのはこれで三度目だ。一度目は瑠璃子のベアの展覧会場で、二度目は近所のレンタルビデオ屋で。

——岩本瑠璃子さん、ですよね。

あのとき、瑠璃子は目の前に立っている男が誰だかさっぱり思いだせなかった。

——あ、俺、津川です。この前ぬいぐるみを、あ、ナナちゃんを譲っていただいた。

——ああ。

瑠璃子は笑った。

——ナナは元気ですか？

——えっ。

男は一瞬おどろいた顔をして、

——あ、ええ、たぶん。

と曖昧にこたえた。こういう質問は、瑠璃子のまわりでは普通のことだが、この男にとってはたぶん異様なものだろうと気がついて、瑠璃子は口をつぐんだ。

——お近くなんですか？

津川と名乗った痩《や》せた男が訊いた。

——ええ。歩いて十五分くらい。

——へえ、じゃあ御近所だ。

津川は言い、瑠璃子が手にしていた五本のビデオテープに目をやって、

——それ、みんな借りるんですか？

と訊いた。

——ええ。

瑠璃子はこたえ、津川の手元をみて思わずふきだしたのだった。男はテープを七本持っていた。

近くに美味《うま》い刺身を食べさせる店があるんですよ、と、津川が言ったのはあのときだった。よかったら今度ぜひ。くまのお礼にごちそうしますよ。あの、俺の彼女も会いたがると思うし。

津川は、ナナをその彼女のために買ったのだった。

津川春夫の誘い方は、積極的というのともすこしちがった。熱心というのとも。単純に、言葉が文字どおりの意味を持っている、そんな感じだった。

——ええ、ぜひ。

そうこたえたとき、瑠璃子にはこの約束がなりゆきとか社交辞令とかではなく、ちゃんとした約束だということがわかった。あっさり。

それは、瑠璃子の好きな類《たぐい》の言葉の使い方、すくなくともとても安心のいく言葉の使い方だった。

七本のビデオテープは勉強用だと津川は言った。四年間勤めた会社を去年辞め、翻訳家をめざして勉強中なのだそうだ。夜働いていると言っていた。

——映画のオープニングタイトルのあと、音楽が一瞬とぎれて白い画面に津川春夫って、ほら戸田奈津子とか木原宏みたいに名前がでるの、夢なんですよ。

そう言って笑った。

いろんなひとがいるのだ、と、瑠璃子は感心した。三十歳近くなって翻訳家をめざす男も、恋人のためにぬいぐるみを探し歩く男も、二度しか会ったことのないテディベア作家を食事に招く男も、瑠璃子ははじめて見たと思った。

食事中、瑠璃子は津川の手ばかりみていた。

部屋で音楽を聴きながらゲームをしていると、瑠璃子の声がきこえた。

「鍵をあけてってば。ねえちょっと鍵をあけて」

聡はあわててドアをあけた。

「何度もノックしたのよ」

「ごめん。きこえなかった」

「CDのヴォリウムをすこしさげたら？　ゲームからもへんな音楽が流れているんだし」

表情の読みとれない顔で言い、瑠璃子は聡の部屋に入ると、

「すこしここにいていい？」

と訊いた。

「かまわないけど」

目で問いかけた聡には気がつかないふりで、瑠璃子は聡の横にぺたりとすわった。

「どうぞ。つづけて」

聡の手元、ゲームのコントローラーボタンに視線をおとして言う。聡は落ち着かなかったが、仕方なくゲームのつづきを始めた。

瑠璃子はおとなしくすわっている。

聡が目下熱中しているのは、架空のサッカーチームを所有して、上手く経営しつつ選手も育てていくというゲームで、聡のチームは常時一位争いに参加している上、資産も八十億を超える好調ぶりだった。

「足、痛くない？」

聡が訊くと、瑠璃子は短く、

「大丈夫」

とこたえた。二人とも、板張りの床に直接すわっている。十五分ほどたったところで、聡は居心地の悪さにとうとう耐えられなくなった。

「その、なんでここにいるの？」

手を動かすのはやめて——画面はハーフタイムの作戦会議で、十一人の選手たちが単調なBGMにあわせて上下に跳ねているところだった——妻の顔をみて訊いた。

「じゃま？」

「そうじゃないけどさ」

そばにいたかったの、と、妙にあっさり言って、瑠璃子は立ち上がった。

「仕事してくる」

そう言ってリビングに戻る。

「べつにここにいてくれてもいいんだけどさ」

ドアが完全に閉まったあとで、聡は小さな声でひとりごちた。屋根を打つ雨の音がきこえる。


七月の最初の水曜日、文がいきなり訪ねて来た。

「はい、おみやげ」

そう言って、プラスティックケースに入ったすずむしをさしだした。

「いい声で鳴くよー」

虫は苦手だったが、瑠璃子は受けとって礼を言った。

文はあいかわらずひらひらした下着みたいな服を着ており、むきだしの手足がいかにも細く、無防備にみえた。

「なにをのむ?」

「ミントティ」

「あったかいの?」

「うん、あったかいの」

瑠璃子はそれをつくった。

「お兄ちゃんは元気?」

作業台がわりにも使う大きな白木のダイニングテーブルに頬杖《ほおづえ》をつき、台所の瑠璃子をみながら文は訊いた。

「仲よくしてるー?」

午後二時の日ざしは南むきの窓から惜しみなくさしこみ、部屋のなかを水槽めいたしずけさで満たしている。

「御心配なく」

瑠璃子はこたえたが、背中にはりついた視線の先で、義妹がかすかにわらったような気がした。

「文ちゃんは？　元気だったの？」

「まーねー」

文はテーブルにぺたりとうつぶせた。

「しずかだね、ここ」

顔をあげ、なにしてたの、と、訊く。

「べつになにも。ぼーっとしてた」

瑠璃子は窓の外をみてこたえ、ミントティをのんだ。

飢餓。

ふいに気がついた。愛ではなく飢餓だ。会社の夫に電話をするのも、ゲームをする夫の横にくっついているのも。

気がつくと、実にまったく腑《ふ》におちる。どういうわけだかわからないけれど、私は聡に対して飢餓状態なのだ。その考えは、瑠璃子を大いにおどろかせた。

「なにも？」

文が一瞬疑わしげな顔をした。それから二人ともすこし黙った。

「散歩にいこう」

誘うというより決定するという口調で文が言った。

「いいお天気だし」

「そうねえ」

億劫だったが、仕方なく瑠璃子も立ち上がった。卵を切らしていることを思いだし、ついでに買物をしてくれればいいと思った。

「あ、あのすずむしねえ」

玄関で靴をはきながら文が言う。リビングにくらべると玄関はおどろくほど暗く、ひんやりとしていた。

「目を離すとともぐいしちゃうから気をつけてねー」

ドアをあけると、おもては新緑がまぶしかった。

「夏がくるねえ」

気持ちよさそうに上を向き、文が言った。

4

すずむし

晩ごはんの食器を洗いおえてからずっとすずむしを観察していた瑠璃子が、やおら立ち上がってそばにやってきて、無言のまま自分の手をとったとき聡は正直なところすこし怯《おび》えた。

「なに？　どうしたの？」

瑠璃子を見上げる目がすでにひるんでいたのだろう、瑠璃子は聡を見下ろして、

「どうして怖そうにするの？」

と訊いた。訊いておきながら返事は待たず、

「立って」

と言う。自分をみつめる妻の表情を、聡はときどき理解できない。

「なに？」

もう一度訊きながら、仕方なくしぶしぶ立ち上がった。

「腕に入れて」

瑠璃子は言い、聡は正面からぴたりとくっついた。棒立ちになっている聡に催促するよ

うに、

「腕に入れて」

と、もう一度言う。聡は言われるままに腕をまわした。腕のなかで、瑠璃子が目をとじたのがわかった。

「いいって言うまでそのままにして」

抱くというより腕で囲むという恰好だった。しばらくすると、瑠璃子は小さく息をすい、

「ありがとう」

と言って身体をはなす。聡は再び腰をおろして、読みかけだったゲームの攻略本に注意をもどした。

「お茶をのむ？」

瑠璃子の言葉に、いらない、と、そっけなくこたえる。瑠璃子は自分の分だけお茶をいれ、窓辺に置いた椅子に腰掛けた。紺と赤のチェックの布を貼《は》った椅子だ。

「私、窓って大好き」

ぼんやり外をみながら瑠璃子が言った。

「だっておもては夜でまっ暗なのに、窓のこっちはあかるくて安全だし」

聡は本から目をそらさずに、うん、とこたえる。その返事などきこえなかったかのように、

「昼間もそう。おもてはくらくらするくらい暑くてまぶしいのに、窓の内側は涼しくて快

適」

と、瑠璃子は一人でつづける。聡は、でもそれは窓のせいではなく冷房のせいだろう、と思ったが、言わずにおいた。

「文ちゃん、どうしてすずむしなんかくれたのかしら」

椅子の上で膝を抱え、粉引の茶碗から緑茶を啜りながら瑠璃子は言う。すずむしは、先週妹の文が持ってきたらしい。

「さあ。でもべつに理由なんかないと思うよ。ただ贈り物っていうかさ」

聡は言ったが、瑠璃子はそれにはこたえなかった。部屋の隅に置かれたすずむしのケースをじっとみて、考えこむような顔をしている。

「だって、ともぐいしちゃうっていうのよ。目をはなすとともぐいしちゃうって。でも四六時中見張ってることなんてできないじゃない？」

「うん」

仕方なく聡は同意したが、それさえも瑠璃子の耳には入らなかったようで、

「文ちゃんどうしてそんなものをくれたのかしら」

と、おなじことをくり返すのだった。

時計は九時二十分をさしている。夕食のあとすぐに自室にひきあげると妻がいやがるので、洗い物がおわって十五分はリビングにいるように心がけている。きょうはもう二十分たっていた。

パソコンデスク、オーディオの棚、キャスターのついた小さな本箱、つくりつけのクロゼット、独身時代から使っているストライプのカーテン。近所迷惑にならない程度にCDのヴォリウムを上げ、音に包まれる。

この部屋はほんとうに落ち着く、と、聡は思う。それは瑠璃子とは関係のないことで、聡自身どうしようもないことなのだった。たぶん瑠璃子は神経質すぎるのだ。

嫉妬もそうだ。ゲームのスイッチを入れ、コントローラーパネルを持って聡は考える。以前には、自分に対する愛情の一種なのだからと思えた瑠璃子の嫉妬が、最近徐々に息苦しくなっていた。

たとえば会社からの電話。会社から電話をかけて、遅くなる、と告げた途端のあの沈黙は、百の言葉より饒舌《じょうぜつ》だと聡は思う。遅くなる。そう言うと瑠璃子はまず沈黙し、やがて、わかった、と言うのだった。奇妙なことに、理由はどうでもいいようだった。残業でも飲み会でもデートでも。

——嫉妬は女性にするものとは限らないのよ。

と、妻は言う。

——私はあなたの会社にも机にも、上司にも同僚にも、飲み屋でたまたま隣にすわった女にも嫉妬する。

と。

——めんどくさいんですね。

ゆうべ、その話をすると三浦しほは言った。

——私にはわからないな、そういうの。

軽く食事をし、カウンターバーで一杯のんでいるときだ。肩のあたりでまっすぐに切り揃えられた髪ごしに、白いあどけない横顔がみえた。

——でも、それって先輩が何でもかんでも正直に言うから悪いんじゃないですか？

しほの華奢な指が、グラスの縁をなぞっていた。

——だって、いま私たちがここに一緒にいることも知ってるんでしょう？　奥さん。

それって信じられない、と言って、しほはかわいらしい鼻を天井に向けた。

——いや、場所は知らないよ、いくらなんでも。

聡は言ったが、それが何ら事態を好転させないことは自分でもわかった。

しほの言うとおりかもしれない、と、聡は思う。誰に誘われたとかどんな残業があるとか、そんなことまでいちいち報告する必要などないのだろう。しかしまったくばかばかしいことに、聡は瑠璃子にどうしても隠し事ができないのだった。

聡がでていってしまうと、瑠璃子は椅子の上にとり残された。膝を抱え、全身を耳のようにして、遠ざかる聡の足音を聞いた。ドアがあき、またドアの閉まる音。聡の部屋は玄関のすぐわきにあり、廊下のつきあたりに位置するリビングからは、やや距離がある。

音楽がきこえる。せわしない感じ。ペットショップボーイズだとわかった。ビデオを観る気もなんだか失せて、瑠璃子はガラス窓に映った自分の顔をぼんやりと眺める。

ゆうべ、はじめて聡に隠し事をした。

べつに隠すようなことではないと思ったが、でもともかく言わなかったのだ。

津川春夫にキスをされた。

いきなりだったたし、ほとんど不可抗力だったたと瑠璃子は思う。短くて荒々しいキスだった。

津川とは、レンタルビデオ屋で偶然に会った。そういうことは、春以来五、六回ある。それぞれがビデオを選びおわるのを待って、すこし散歩をした。どちらも会社につとめていないので、昼の時間帯は比較的自由なのだ。

夏の夕方だった。

——ずっと、こうしたかった。

キスのあと、津川春夫はそう言った。まるで悪びれない笑顔で。

瑠璃子は両方の眉を持ち上げてみせた。何をするの。そう言うつもりのゼスチュアだった。しかし瑠璃子の口をついてでた言葉は全然ちがうものであった上、声も不思議に素直で小さなものだった。

——ずっと？

津川はうなずき、

——展覧会場ではじめて会ったときからずっと。

と、こたえたのだった。

津川は瑠璃子をマンションまで送ってくれた。二人とも無言だったが、気まずい感じではなかった。むしろ穏やかで気の楽な、ひさしぶりに味わう解放的な気持ちだったと瑠璃子は思う。

不思議なことに、瑠璃子にはこれが、自分と津川だけの、ごく個人的な出来事にすぎないことがわかった。聡にも、黒い長い髪をした津川の彼女にも、何の関係もないここだけの出来事。

マンションのエントランスで、津川はメモに何か書きつけて、やぶりとったそれを瑠璃子にさしだした。

——今度だんなさんと来てみて下さい。御馳走しますよ。

メモには津川が働いている飲み屋の地図と電話番号が書いてあった。

——ありがとう。

にっこり笑って瑠璃子は言った。ついいましがたの出来事など、まるでなにもなかったように。

瑠璃子は椅子から立ち上がり、聡の携帯電話に電話をかけて、お茶がほしいとか果物が食べたいとか、なにか用事があったら呼んで下さい、と言っておいてから、今度は国際電話をかけた。

　バーミンガムは午後一時だ。

「ルゥリコ？」

　アナベラは先月よりもなお一層おどろいた声をだした。

「きっとすごく悪いことが起きるのね」

　独特の、淡々とした口調で言った。耳に心地のいい低い声。

「悪いこと？」

　瑠璃子は訊き返した。

「そうよ。だってこの前あなたが頻繁に電話をくれたあと、何が起こったか憶えてる？」

　いいえ、と、こたえた。電話を持ったまま窓辺の椅子に戻る。

「何が起こったの」

「あなたは結婚してしまった」

　瑠璃子はほんのすこしだけわらった。

「ああ、思いだしたわ」

　なにしてたの、と、瑠璃子は訊いた。

「さっき起きたところ。お茶をのんでたの。きょうはここが雨よ」

　瑠璃子は、アナベラの部屋やガウンや巨大なマグカップや、机に飾られた枯れかけの花や花びんや、窓の外の雨を思いうかべた。沈黙が流れる。

「夫に隠し事をしたの」

受話器の向うで旧友がひっそり微笑むのがわかった。

「普通のことよ《THAT'S NOMAL》」

そうね《YEAH, I KNOW》、とこたえた。再び短い沈黙が流れて、アナベラは、

「どんな種類の隠し事？」

と、尋ねる。

「とるにたらないことよ」

瑠璃子がこたえるとアナベラはわらって、今度は彼女が、

「そうでしょうね《YEAH, I KNOW》」

と言った。耳をすますと、彼女の声のうしろに、バーミンガムのこまかい雨の音がきこえるような気がした。


東京は翌日も快晴だった。朝からひどく暑い。瑠璃子はいつものとおり五時五十分に起き、台所のラジオをつけて、ＦＥＮのニュースと音楽番組を聴いた。鉢植えに水をやり、コーヒーをのむ。それから聡を起こして朝食をつくった。

「おはよう」

起きてきた聡が言い、瑠璃子は聡の顔をみずに、

「おはよう」

と、こたえる。瑠璃子にとって、顔をみずに挨拶するのは至難の業だった。

——どうしておはようって言ってくれないの?

結婚したばかりのころ、瑠璃子は訊いたことがあった。おはようのみならずおやすみもただいまもいってくるもいってらっしゃいも、瑠璃子にとってそれまで至極当然だった言葉のどれ一つとして、聡は口にしなかったからだ。

——言わなくちゃいけないかな。

聡は困ったように訊いた。冬で、二子玉川の喫茶店にいた。聡が上手く挨拶をできないことと、母親不在の家で育ったこととは関係があるのだろうか、と訝ったことを憶えている。

——いけないわ。

瑠璃子がきっぱりと言うと、聡は一瞬かなしそうな顔をして——あのとき私はもうすこしで、いい、いい、言わなくてもいいわ、と言ってしまいそうだった、と、瑠璃子は思う。聡のかなしそうな顔にはほんとうに力がある、と——、

——わかった。

と言ったのだった。わかった、努力する。

たしかにそれ以来聡は努力してくれた。一度ごとに努力がわかる、と瑠璃子が思うほど、言いにくそうに聡はそれを口にする。そして、

——顔をみられると上手く言えない。

と言うので、瑠璃子は努力して顔をみないようにしているのだった。

「きょうはお店に顔をだすことになってるの」

薄いトーストにスクランブル・エッグ、ミルク紅茶に桃、という朝食のトレイを運びながら瑠璃子が言うと、聡はまず、

「へえ、ひさしぶりだね」

とこたえ、

「暑いから気をつけてね」

と、つけたした。

「大丈夫よ。でもどうもありがとう」

まだ七時半だというのに日ざしの強さがはっきりとわかった。瑠璃子はガラス窓ごしに外をみて、ほんとうに暑そうだ、と思った。


通勤電車は混んで不快だったけれども、聡にとってそうひどい苦痛ではなかった。イヤフォンで音楽を聴いていれば四十分はあっというまだったし、まわりが他人だけというのが気楽だった。父親と二人暮らしで、子供のころから一人ですごす時間が多かったせいか、聡は人と——知っている人と——一緒にいると気づまりなようなところがあった。

その点妹の文などは逆で、「一人なんて淋しくてとても耐えられない」そうなのだが、聡にはそれは理解できない。きっと、文は社交的な母親の影響をうけているのだろう。

二年前に亡くなった父親は、いっぷう変わったひとだった。大手の貿易会社につとめていたが、ずっと東京に単身赴任で、その後独立して輸入会社を始めてからも、一人で東京に住んでいた。晩年は買付と称して旅行ばかりしていた。三十年連れ添った妻とは、結局六年間しか一緒に暮らしていなかった。

——お義母《かあ》さん、淋しくなかったのかしら。

父親の葬儀のあと、瑠璃子はそんなことを言った。帯広の実家の台所で、文を含めた三人でコーヒーをのみながら。食べ散らかされたあとの鮨桶《すしおけ》が、いたるところに積み重ねられていた。

——さめてたんじゃない？　もう。

知ったふうな口をきいた文を、聡はにらみつけた。

——そんなことはないと思うけど。

あのとき曖昧にとりなそうとした瑠璃子に、文は、

——まあね。離れてるから上手くいく男と女っていうのもあるんだろうね。

と言ったのだった。喪服というには丈の短すぎる——と聡には思えた——黒いワンピースを着て、墨色の濃淡で化粧をほどこされた目が、妙にくっきりとしていた文。

——あたしはそんなのいやだけど。

と言い足して、細長い煙草に火をつけた。どういうわけか、聡のまわりの女たちはみんな煙草をすう。母親も妹も、そして妻も。

——そうね、私も無理だと思うわ。そんなにながいあいだ聡と離れているなんて。

文と瑠璃子はそんなふうに言いあって意見の一致をみていたが、聡はすこしちがう気持ちを持った。わかるような気がしたのだ。離れているから上手くいく男と女というのも。

帯広の家の台所は古く、不思議な、なつかしい匂いがした。ところどころ床板がきしみ、あけ放した窓の網戸ごしに、庭につながれた犬のたてる物音——鎖が地面をこする音——がした。食卓の上の電球に照らされて、カップボードのガラス扉に、三人の横顔が映っていた。

しかしそもそも、と、聡は地下鉄の乗り換え通路を歩きながら考える。ぞろぞろと一つの流れを形成してゆく人々のうしろ姿。

しかしそもそも、一人を気楽だと思い、他者とのあいだに一定の距離をおくことも快適さのための必要欠くべからざる要素と考えるようなところこそ、聡と瑠璃子の共通点であるはずだった。

友達というものは過大評価されすぎている、というのが、いつだったかまだ二人が出会ったばかりのころ、最初に意見の一致をみた話題だったし、たとえば新婚旅行で訪れたバリ島の、コテッジ式ホテルの広いベッドで、

——私は誰かにこんなに気を許すたちじゃあないのに。

と言った瑠璃子の不安そうなまなざしは、聡をひどく興奮させたものだった。

発車を知らせるベルがひびき、混んだ電車の扉が閉まる。

いいや、次にしよう。

聡はプラットフォームに立ち、その電車を見送った。ウォークマンのイヤフォンからは、シンプリー・レッドが流れている。


昼下がりの表参道は、暑さで空気が揺れ動くようにみえた。瑠璃子はビルの地下にあるベアショップに顔をだし、店をまかせている女性――瑠璃子よりいくつか若い、ぽっちゃりとして快活な感じの――とお茶をのんだ。夏はベアの売れゆきが悪い。それでも、

「タオル地のベビーベアがよくでています」

と、彼女は肯定的な言い方をした。アイスティの氷をストローでかきまわしながら。

「そういえば、あのお客さん、あれからときどきみえるんですよ」

オープンエアが売り物のこのカフェも、暑さのため、客は冷房の届く室内の席に集中している。

「あのお客さん？」

「ええ、前にナナを欲しいってねばった」

瑠璃子はどきりとしたが、何食わぬ顔で、ああ、あのひと、と言った。

「ええ。あれから何度かみえて、このあいだBシリーズを一体買っていかれました」

Bシリーズは、手足が長く顔の小さい硬い黒いくまのシリーズで、ショップにあるベアのうち、瑠璃子のもっとも気に入っているものだ。体も黒、瞳も黒、鼻と口のぬいとりも

黒、あしのうらのフェルトも黒で、首に黒いりぼんをまいている。

「どの大きさの？」

中です、と、若い店長はこたえた。


「おかえりなさい」

聡が帰宅すると、いつものように瑠璃子が玄関で出迎えた。寝室までついてきて、着替えをする聡の横で一日分の報告をする。

「午前中にへんなセールスマンが来たの。本人は、セールスじゃなくてあくまでも商品の御紹介ですって言うんだけど」

「セールスだよ」

「うん、たぶんね。でもその商品っていうのが生ゴミ処理機で、一週間無料で使わせてくれるっていうの」

「セールスだよ」

聡はくり返した。Tシャツとジーパンに着替えて、洗面所で手を洗う。

「知ってるってば。借りたりしなかったわ。だってすごく大きいんだもの。洗濯機みたいなの。あんなのが台所にあったら邪魔でしょうがないわ」

タオルを手渡してくれながら、瑠璃子は話しつづける。

「午後お店にいってきたの。あんまりお客さんいなかったけど。一階のカフェでおいしいものをのんだわ。なんとかっていう名前のライチのリキュールなんだけど、ソーダで割ると、すごくすっきりしてておいしいの」

　とか、

「津川さんね、あのあとまた別のベアを買ってくれたんですって」

　とか、

「そういえば焼き鳥屋さんに誘われてるのよ。今度いきましょう」

　とか。そのたびに聡はさしさわりのない相槌をうつ。へえ、とか、そう、とか。返事をしないと妻がおこるからだ。何か言ってくれないと、きこえたかどうかわからないでしょ、と言って。

　リビングにいくと、夕食の準備がととのっていた。しかしテーブルの上よりも先に、聡の注意をひいたものがあった。

「どうしたの、それ」

　おどろいて訊くと、瑠璃子はあたりまえのような顔で、

「わけたの」

　と言う。

　すずむしのプラスティックケースが五つにふえていた。それぞれに砂や水入れや胡瓜《きゅうり》や茄子《なす》がセットされている。

「別々にしておけばともぐいしないでしょう？」

聡は言葉がでなかった。

「ごはん、すぐできるからすわってて」

台所に立った妻が言う。

「きょうね、サラダのドレッシングを変えてみたの。この前登美子ちゃんに教わったやつなんだけど」

聡が相槌をうつまでに、数秒間のまがあった。

5

情熱

秋は瑠璃子の好きな季節だ。ガラス越しの日ざしがメッシュの入った春夫の髪にあたるのを、瑠璃子はきれいだと思いながら眺めた。春夫の部屋は、狭いがふんだんに日があたる。ここに来るのはきょうが二度目だ。春夫は、干しっぱなしの洗濯物も、散らかった雑誌もビデオテープも一向に気にしていないようで、馴《な》れた手つきでコーヒーをいれてくれた。

「もうやめなくちゃ、こんなことは」

瑠璃子は、シーツの乱れたシングルベッドをみやりながら言った。

「なぜ?」

ほんとうにわからないというように、春夫は不思議そうに訊く。瑠璃子はわらった。

「屈託のないふりをしないで」

春夫は大人びた子供みたいだ、と、瑠璃子は思う。それはちょうど、聡が子供じみた大人のようであるのと対照的だ。

大きな茶碗につがれた濃く熱く苦いコーヒーを啜る。

「不安だもの」

春夫はたのしそうな顔をした。

「僕だって不安だ」

瑠璃子はもう一度笑った。

「そうね」

じゃあどうしてこういうことになったのだろう、と考える。私はどうしてここにいるのだろう。

午後二時。住宅地のまんなかにある春夫のアパートは、窓をあけていてもとてもしずかだ。

「瑠璃子さんはやめないよ」

春夫は言い、瑠璃子のうしろにまわりこんでしゃがんだ。

「こんなことをやめない」

背中から腕をまわして、耳元で言った。

「なぜそう思うの？」

ワープロのわきに、黒いくまがころがっている。手足のながい、顔の小さい硬いくまだ。店で「Ｂシリーズ」と呼んでいるそのくまに、春夫がアントワーヌという名前をつけたことを瑠璃子は知っている。春夫のいちばん好きな映画の、主人公からとった名前だ。

「貪欲だから」

春夫の言葉に、瑠璃子は一瞬だけ戸惑った。

「なぜそう思うの？」

もう一度訊くと、春夫は悪びれず、なぜかな、と言って首をかしげる。

「たぶん、僕も貪欲だからじゃないかな。だからわかったのかもしれない」

今度は瑠璃子が首をかしげる。

「貪欲ってどういうことかしら」

——いい部屋ね。

はじめてここに来た日、瑠璃子は言ったものだ。あの日も春夫はコーヒーをいれてくれた。

——なあに、あれ。

画面の一部にガムテープの貼られたテレビをみて訊くと、春夫は、借りてきたビデオの字幕をみえなくするためだとこたえた。春夫は翻訳家をめざしている。

——先に浴びる？

風呂場の戸をあけてそう言ったときの春夫の、自然なしぐさと笑顔を瑠璃子は好もしく思った。

「いい天気だね」

春夫は窓の外をみて、ガラス越しの日ざしに目を細める。瑠璃子もつられて窓の外をみた。おなじように目を細める。

「もういかなきゃ」

ぽつんと言った。この部屋は居心地がいい、と思う。

「あ、ちょっと待って。俺ももうでるから」

春夫は言い、その場でスウェットパンツを脱ぐと、ジーパンにはきかえた。ブリーフに包まれた小さな腰と、筋ばって痩せた長い脚。瑠璃子はコーヒー茶碗を持ったまま、それにじっとみとれた。

「また店に顔をだしてよ」

自転車を押して駅まで送ってくれながら、春夫は言った。

「今度はだんなさんとでも」

店というのは春夫の働いている居酒屋で、渋谷にあるその店まで、春夫は自転車で通っている。

「聡は外食がきらいなの」

へえ、と、春夫は言った。

「へえ、なんでだろう。つまらないね」

一カ月ほど前、瑠璃子は藤井登美子とその店にいった。エレベーターで三階に上がる小さな店だった。春夫はまったくの下働きで、履き物を揃えたりジョッキを運んだりレジを打ったり、帰る客のためにエレベーターのボタンを押したりしていた。

瑠璃子と登美子はカウンター席にすわり、牛の腹身肉とオクラのたたきを食べた。

——あのひと、瑠璃子さんばっかりみてる。

登美子にそう言われるまでもなく瑠璃子はそれに気づいていたし、だいいち瑠璃子がその店にいった時点で、すでに春夫と瑠璃子のあいだには暗黙の了解ができていた。

「あの日はちょっと、登美子ちゃんに悪いことをしたような気がする」

瑠璃子が言うと、春夫は首をかしげた。

「なぜ？」

信号で立ち止まる。大きな交差点。横断歩道を渡るともう地下鉄の入口だ。

「登美子ちゃんだけ知らないことがあったでしょ。私たちのあいだの空気っていうのか」

瑠璃子はいったん言葉をきった。どこからか、ファストフードの匂いがする。

「なんとなく彼女だけのけ者にしてるようなね」

ああ、と言って春夫はにっこりした。

「ああ、俺そういうの大好き。ぬけがけっていうの？　大好き」

瑠璃子はわらった。もうすこしで、私も、と、言いそうになった。登美子に悪いことをしたような気がしたのも事実なのに。

「また会えるよね」

言わなくても、春夫にはわかっているのだと思った。ぬけがけみたいなことの楽しさを好むのも、貪欲と関係があるのだろうか。

「ええ。たぶん」

片手を上げ、瑠璃子は地下鉄の階段をおりる。

聡は、日ごとに日の短くなっていくいまの季節が苦手だった。地下鉄ばかりを乗り継いで通勤しているので、おもてにでたときいきなり夜になっていて不快なのだ。ラーメン屋のあかりや、こうこうと電気をつけて走るバス、スーパーマーケットからあわただしく——白いビニール袋をさげて——でてくるＯＬ。駅からうちまで歩くあいだの、もの悲しい生活感も嫌だった。

「ただいま」

ドアをあけると、いつものように瑠璃子が出迎えた。

「おかえりなさい」

ラジオペンチを持っている。

「仕事してたの？」

そう、とこたえて瑠璃子は寝室までぴったりついてくる。一日分の報告をするために。

「いま犬をつくってるの。くまの一家が飼っている犬なの。目の裏の針金をつぶしていたところ」

へえ、と、聡は相槌をうつ。ウォークマンのスイッチを切り、着替えて、顔を洗ってうがいをする。どれ一つさぼっても瑠璃子に叱られるからだ。

「犬はけっこう人気があるの。予約待ちのお客さんがいつもいるのよ」

夕食には、聡の好きな冬瓜《とうがん》の煮ものがあった。

「きょうね、アナベラから絵葉書がきたのよ」

みて、と言って手渡されたそれは、港町の写真の絵葉書だった。消印は Cagnes-Sur-Mer《カーニュ－シュル－メール》となっている。

「お休みをとってフランスにいったんですって」

「へえ」

聡が食事をしているあいだじゅう、瑠璃子は横で話をしている。ラジオペンチで針金をつぶしながら。

「このあいだ登美子ちゃんが言ってたんだけど、『はちみつフレンズ』の人たちからはね、あいかわらずベアのお洋服をつくってほしいっていうリクエストがあるんですって。私には、ベアに服を着せる気持ちは理解できないけど」

はちみつフレンズというのは瑠璃子のつくるくまのファンクラブのようなものらしい。機関誌が発行されていて、ときどき瑠璃子の写真が載っている。

「うん」

聡は言い、自分でも何か話さなければと思ったが、話すべきことが何もないので黙っていた。会社にいって会社から帰った、それだけの一日。

「ごちそうさま」

気がつくと、瑠璃子も黙っていた。窓辺に置いたくまが、赤と紺のチェックの椅子にすわって聡をみている。

「お部屋にいきたい？」

瑠璃子が訊いた。

「ゲームしたいんでしょ。いいわよ、いっても」

ありがとう、と言って立ち上がってしまってから、聡は、ありがとうはまずかったかな、と思ったがもうどうしようもなかった。

部屋に入って鍵をかけ、CDをかけてメールをチェックする。それからテレビをつけ、しばらく雑誌を読んですごした。

携帯電話が鳴り、

「お茶をのみますか」

と、瑠璃子が訊いた。聡は、

「はい。おねがいします」

と、こたえた。

窓をあけると虫の声がした。つめたい空気が部屋に流れこんでくる。

ノックがきこえたとき、聡はすぐにドアの鍵をあけたが、それはどうやらはじめてのノックではなかったようだった。

「どうしてテレビとCDをいっぺんにつけたりするの？」

どうしてテレビとCDをいっぺんにつけちゃいけないんだ、と、聡は思う。瑠璃子は力が弱いから、ノックの音も小さすぎるのだ。

粉引の茶碗に入ったほうじ茶には、黒砂糖を使ったカステラが一切れ添えてあった。

「ちょっとここにいてもいい？」

瑠璃子が言い、聡は、どうぞ、と、こたえる。

「リビングからクッションを持ってきてあげようか？」

板の間にじかにすわっている瑠璃子を気づかって聡は訊いたが、瑠璃子は首を横にふった。

「ね、聡は私を貪欲だと思う？」

そしていきなりそんなことを訊いた。聡は心の内でため息をつく。また始まった、と思った。瑠璃子はときどきわけのわからないことを言いだす。

「いや」

とりあえず否定した。

「ほんとう？」

うん、と、もう一度うなずく。瑠璃子は聡の顔をくいいるようにみつめて、

「それはよかったわ」

と、言った。


アナベラの恋人と寝たことが数度、あった。瑠璃子にとって、それはさして難しいこと

ではなかった。男性というのは、好きになろうと思えばいつでも好きになれるものだ。誰にもいいところはあり、それはその人に特有のよさだからだ。

アナベラの恋人の場合、身体の大きいところがまず、瑠璃子の気に入った。外国人である瑠璃子のために、英語をできるだけはっきり発音しようと努力してくれるところや、それでも内容は決してはしょらず、観たばかりの芝居の感想などを、ちょっとした評論家なみにながながと――一壜二ポンドで買える赤ワインを片手に、深夜まで愉しそうに――話すところも。

アナベラにこれ以上嘘はつけない、と言い、ほんとうのことをすべて話す、と言いだしたその男を、止めたのは瑠璃子だった。ほんとうのことというのが何のことだかわからなかったし、アナベラと恋人は感じのいいカップルだったので、別れてほしくなかった。瑠璃子にとって、男と寝ないようにすることは、寝ることと同様さして難しいことではなかった。

瑠璃子とその男との情事――ひと月ほども続いただろうか――に、アナベラが気づいていたのかどうか瑠璃子にはわからない。気づいていたのかもしれないが、アナベラは瑠璃子にも恋人にも、それと気づかせなかった。

十月。春にする展覧会の打ちあわせに登美子がやってきたとき、瑠璃子はりんごを煮ていた。

「いい匂い」

登美子は言い、鼻をひくつかせる。

今度の展覧会は、『月影のベアたち』というタイトルに決まった。グレイやモーヴ、茄《な》子紺《すこん》といった渋い色調の、孤独な表情のくまばかりあつめる。

「素敵」

登美子はうっとりと言い、紅茶を啜った。

「瑠璃子さんのベアは一つ一つに孤独な陰があるって、前から思ってたんです」

瑠璃子には、それがどういうことなのかよくわからない。そりゃあベアは一体一体天涯孤独なのだから、孤独の陰があってあたりまえだと瑠璃子は思っている。

「りんごすこし持っていく?」

わあい、と、登美子は無邪気な声をだす。


「『月影のベアたち』?」

シーツを腰までひきあげて、春夫は言った。

「よさそうだね。美也子に教えてやろう」

午後二時。映画はまだ終わっていない。ガムテープをはりつけたテレビから、セリフだけがきこえてくる。

瑠璃子は、こうして春夫の腕のなかにいるのが好きだった。あいかわらず散らかりっぱなしの部屋、あいた窓、ころがっているアントワーヌ。

「おんなじ画廊？」

そう、とこたえて瑠璃子は目をとじる。春夫の鼓動がきこえる。

「去年とおんなじ場所で、三月三日から十九日まで」

こうしていると、抗《あらが》えないやすらかさがある、と、瑠璃子は思う。このまま眠ってしまえたらどんなにいいだろう。

勿論、実際にはそういうわけにはいかない。瑠璃子はベッドから片腕をだし、そばにおちている手さげから、煙草の箱をだして一本くわえて火をつけた。

煙を深くすい、ゆっくりと吐く。

「いいな」

春夫が頭の下で両手を組んだ。

「瑠璃子さんが煙草をすうときの顔、好きだな」

着ていたものを拾って身につける。

「YOU KNOW WHAT I MISS？ I MISS THE IDEA OF HIM」

瑠璃子はビデオのセリフに合わせて言った。

「すごいな。憶えてるの？」

「べつにすごくなんかないわ。何度も観たんだもの。ビデオのいいところは、気に入ったものを何度でも観られることだと思わない？」

春夫はごくわずかに首をかしげて、瑠璃子の好きな、まぶしそうに目を細める顔をした。

「思わない」

と言って、両手をさしだす。

「だめよ、もう服を着ちゃったもの」

春夫は不満そうに口角を下げた。そして、表情の読みとれない声で、

「物語は一度だけだから美しいんだよ。人生とおんなじだと思う」

と、言うのだった。


土曜日、聡が目をさますと、瑠璃子はもう隣にいなかった。たぶんリビングでラジオを聴きながら仕事をしているのだろう。新作展をひかえ、妻は普段以上に働いている。

ゆうべ、会社に文が訪ねてきた。はじめてのことだったのでおどろいた。

——会社訪問。

ふざけてそんなことを言った。文はいま大学四年生だが、卒業しても就職する気はないらしい。大学に残るかもしれない、などと言っている。成績はずばぬけていいのだ。ちゃらちゃらと遊んでばかりいるくせに。

ごちそうして、と、文は言った。紫色のジーパンをはいていた。

瑠璃子に電話をして事情を話すと、瑠璃子はいっぱくおいて、そう、と言った。そう、ごゆっくり、文ちゃんによろしく、と。

途中で文が電話にでたがった。

――もしもし、瑠璃子さん？　ほんとうにあたしだよー。御心配なくねー。

そんなことを言った。文は片手に三十本くらいずつ、銀ねず色の輪ゴム状の腕輪を両腕につけていて、それはなんだか手錠のようにみえた。比較的自由な気風の会社だとはいえ、文は、会社の中でひどく目立った。

――すずむしはどうしてる？

おもてにでると、文はそう訊いた。

――死んだよ。全滅した。そのたびに瑠璃子が植込みに埋めてやってた。

――ふうん。

文はうなずき、それからぽつんと、

――ほんとに自然死かしら。

と言って聡をおどろかせた。

――どういう意味だ？

なんでもないわ、と言ったあと、文はひとりごとのように、

――でも瑠璃子さんって非常識なことをしそうだから。

とつけたした。

――すずむしがともぐいをするって言ったらすごく怯えてた。ともぐいさせるくらいなら、いっそ殺してしまいかねない顔をしてたな。

聡はあきれ顔をした。瑠璃子のとった、ともぐい防止策について話した。ある日忽然《こつぜん》とふえていた虫カゴ。

文はころころとわらった。そして、

——やっぱり瑠璃子さんって非常識だわ。

と、結論した。

会社の近くでとりなべをつついた。文は、しばらく会わないうちに随分酒に強くなった。ついでやればやるだけ飲むような感じだった。

——でもきょうは瑠璃子さんの話をしようと思ったわけじゃないんだー。

空腹がおさまると、そんなことを言った。

——お兄ちゃん、三浦先輩とつきあってるの？

噂だよ、と言って、小さなコップでビールを飲む。

——何だ、それ。

びくりとしたのはふいをつかれたせいだ、と、聡は自分に言い訳をするように思った。ばかばかしい、と、一蹴する。

——ふうん。

文はなんだかたのしげに、上目づかいに聡をみた。

——べつにいいけどねー。

文は聡とおなじ大学の、おなじスキー部に所属している。三浦しほとは五歳違いだ。

――OB会で会ってさ、それからときどき食事をしたり、まあ、飲んだりね。

そんな下らないことを言いに来たのか、と言って、聡は妹に苦笑いをしてみせた。

――よっぽど暇なんだな。

ふうん、と、何がふうんなのだかわからないが、文はもう一度言った。それから焼酎を飲みたいと言いだして、お湯割りにして二杯飲んだ。

ブルーと白で統一された寝室で、聡はごろりと寝返りをうつ。チェストの上の、古びた十五体のベアたち。ほとんどがアンティークで、一体何万円もするという。

――まあ何にせよ、気をつけてね。

別れ際、JRのホームで文は言った。

――浮気は上手くやらなきゃだめだよ。瑠璃子さん怖そうだもん。

聡は首をすくめてみせた。

――そんな情熱はないよ。

ちょうどそのとき電車がきたので、最後の言葉は文にとどかなかったかもしれない。

午後、瑠璃子は聡と散歩にいった。マンションの近所を歩く。空気に金木犀《きんもくせい》の匂いがした。

「私、土曜日って大好き」

そんなことを言った。聡は散歩というものがあまり好きではないが、一日中寝そべってぐずぐずしていては、妻の不興を買うことがわかっていた。

「ね、バス停のそばの家にいこう？」

瑠璃子は言う。バス停のそばの白い大きい家の庭に犬がいるのだ。ビンゴ、という名前を勝手につけて、瑠璃子はその犬をかわいがっている。

「きのう文ちゃん、なんだって？」

歩きながら瑠璃子が訊いた。

「べつに。ただのたかりだった」

冗談めかせてこたえたが、瑠璃子はわらわなかった。聡はきまりが悪くなる。

「あいつも来年卒業だっていうのにいいのかな、いつもちゃらちゃら遊んでるみたいで」

瑠璃子は返事をしなかった。聡はさらに一人で喋ってしまう。

「紫のジーパンをはいてた」

とか、

「飲むんだよな、それが生意気に」

とか。

瑠璃子は、ふうん、とだけ言った。

なぜだろう、と、聡は考える。瑠璃子といると、なにもかも洗いざらい話さなくてはいけないような気がしてくる。なにもかも洗いざらい、正直に、いつわりなく。

瑠璃子がぴたりと立ちどまる。

「いないみたい」

いい天気の午後だ。

「え？」

「ビンゴ」

白い大きい家の庭に犬はおらず、空っぽの犬小屋がしずかに秋の日を浴びていた。

6

秘 密

店の中の暖房がききすぎているので、つめたいビールがひどくおいしかった。どこもかしこも忘年会だらけの騒々しい居酒屋で、聡もまた、スキー部OB会の忘年会というものに出席しているのだった。

エスニックな雰囲気が売りの店の中は暗く、麝香《じゃこう》だかジャスミンだかイランイランだか、ともかく風変わりな香《こう》の匂いと、にんにくや唐がらしをふんだんに使った料理の匂いでむせ返りそうだ。

大勢で集まるのは嫌いではなかった。一人ずつにかかる比重が小さくなるのでむしろ気楽だと聡は思う。しかしその一方で、誰とも何も話すことがないのもまたやはり事実だった。それで結局、あいかわらず後輩の芸だの、一気飲みだのを眺め、場違いなほど中年然とした先輩と、したくもない名刺交換などしているのだった。

「へえ、会社は日本橋？」

随分と腹の出た男に訊かれ、聡は、ええ、と、こたえる。

「近いじゃない。俺んとこは大手町だからさ、飲もうよ今度」

誰が、と思ったことは無論おくびにもださず、聡はにこやかに、

「ええ、ぜひ」

と言った。

「岩本先輩、ここにいらしたんですか」

声の主は三浦しほだった。黒いワンピースを着ている。

「ずーっと探してたんですよ」

いちばん広い部屋を借りきっての忘年会は、それでも人数が多すぎてひどく混雑していた。じゃあまた、と言って、腹の出た男は料理のならんだテーブルの方に歩いていく。

「ごめんなさい、お邪魔しちゃいました？」

「いや、ちょうど退屈していたところだから」

受付をすませて最初にしほを探したことは、言わずにおいた。

「根本さんたちは？」

「さあ。さっきそのへんにいたけど」

「あ、先輩何か召し上がりますか？」

しほは訊き、聡の返事も待たずに料理をとってきた。

「どうぞ」

と言ってにっこり微笑む。

瑠璃子は、三体のベアの頭に鼻と口をぬいつけていた。チャコールグレーや深いこげ茶色の刺繍糸で、一針ずつ丹念に。鼻と口の形が鋭角的だと元気のいい印象になってしまうので、角のとれた形にするよう気をつけた。なにしろ、『月影のベアたち』なのだ。ダイニングテーブルいっぱいに広がった裁縫道具。頭部だけのベアを大切に片手で支えるようにして、注意深く鼻と口をぬいつけながら、瑠璃子は聡のことを考える。

聡は、一体どうして部屋に鍵をかけてしまうんだろう。どうしてあんなに始終ゲームばかりしているんだろう。話しかければちゃんと返事をしてくれるのに、どうして全然言葉が通じないんだろう。そのことに、一体いつから私はこんなに腹を立てるようになってしまったのだろう。人づきあいが苦手で、瑠璃子が選んでやらなくては自分の味覚に合うものと合わないものの区別がつけられないような、奇妙な聡が好きだったのに。

昼間、春夫の部屋でもそのことを考えていた。

春夫とは、平均して二日に一度会っている。レンタルビデオ屋で偶然に会うのではなく、毎朝の電話で予定を確認して、それじゃあ午前中にビデオを返しにいって散歩をしよう、とか、それじゃあ午後アパートにおいでよ、とか、約束して会うのだ。それじゃあ夕方店に顔をだしてよ、とか、それじゃあ今日は会えないね、とか、それじゃあその新しいお菓子の試食にそこにいくよ、とか。

二日に一度。それは、ほぼ毎日ということだ、と、瑠璃子は思う。

春夫の部屋は、妙に居心地がいい。

――いかなくちゃ。

ベッドからでて下着をつけようとした瑠璃子を、春夫がうしろからそっと抱いた。

――そんなに急いでるの？

こめかみに唇をつけて訊き、同時にほとんど瑠璃子の気づかないうちに、春夫は瑠璃子のつけかけた下着をはずして再び床に落とした。春夫の部屋は、ばかげてたくさん日がさしこむ。

――もう一回しよう。

甘い声に抗えなかったのではなく、そうしたい欲求に抗えずに、瑠璃子はもう一度セックスをした。

――何を考えてるの？

そのあとで、ぼんやりと天井をみていると、春夫にそう訊かれた。

――夫のこと。

こたえて起きあがり、瑠璃子はシャワーを浴びたのだった。

仕事にいく春夫と、駅まで一緒に歩いた。春夫は自転車を押していた。

――今度四人でごはん食べようよ。

そんなことを言った。

――俺と美也子と瑠璃子さんと御主人と四人でさ。

春夫は背が高く痩せていて、すこし猫背だ。

——美也子が瑠璃子さんにまた会いたいってうるさいんだ。

——はちみつフレンズの会員にまでなって下さったんだものね。

春夫の自転車はボロで、鍵が壊れている。あちこち塗装がはげ、サドルもややぐらつく。午後二時の三軒茶屋は人通りが多く、パン屋からパンの匂いがしていた。

——もちろん口実だけど。

そう言って、春夫はわらった。

——瑠璃子さんの御主人に会ってみたいんだ。どんなひとなのかな。

質問のようには響かなかったので、瑠璃子はただ首をかしげた。

ちょうど地下鉄の入口だった。


「えー、やったことないんですか?」

繁華街のゲームセンターで、しほは頓狂な声をだした。

「岩本先輩、運動神経あるんですから、こういうのきっと上手なのに」

しほの言う「こういうの」とは、自転車をこぐことで画面上の羽根つき自転車に乗り、画面のなかで風船を割っていく仕組みのゲームで、それと運動神経とどの程度関係があるのかわからなかったが聡はともかく挑戦し、しほに、「案外非力」という評価を受けた。

遊園地で働いているだけあって、しほはゲームにくわしかった。スキーやスケートボードの体感ゲームをはじめ、ハンドボールくらいの球をころがして競うはりねずみレースやカーチェイス、銃を乱射して「サラとイアン」を救出するゲームなど、しほに言われるままに、聡は端から試した。

しほがいちばん好きだというカヌーこぎのゲームを二人でしたときには、聡は途中で音《ね》を上げそうになった。ひさしぶりに汗をかいた。

おもては夜気がつめたかった。

「あーおもしろかった」

そう言ったしほの横顔が、あまりにも心から満足そうだったので、聡はなんとなく動揺した。無防備な表情だ、と、思う。

「のどがかわいちゃった。何かのみません?」

しほは言い、ぱたぱたと靴音をたてる不思議なせわしさで、先に立って歩いた。十二月の街。

「ここでいいですか?」

しほはふりむいて訊き、聡がうなずくと、一軒のバーに元気よく入っていく。

聡はしほに誘われて、OB会の忘年会を、途中で抜けてきたのだった。

「もう二次会になってるね、きっと」

腕時計をみて聡が言うと、しほはカウンターに両肘をついたまま、くわえていたストローを口からはなして、

「気になります?」

と訊いた。聡の顔をじっとみる。

「いや、べつに」

まっすぐに人をみるしほの、やわらかそうな頬と茶色い瞳を聡は可憐だと思った。


うちに帰ると、いつものように瑠璃子が玄関で出迎えた。

「おかえりなさい」

仕事中だったらしく、リビングには布やハサミが散らかっている。

「どうだった？　忘年会」

着替えをして、手を洗って顔を洗ってうがいをする。

「いつもどおり。あんなもんじゃないかな」

とか、

「根本がよろしく言ってた」

とか、

「へんな店でさ、料理はほとんど食べられなかった」

とか、あたりさわりのないことを選んで報告した。三浦しほと抜けだしたことは言えないと思った。

「聡は偏食なんだもの」

背広を拾ってハンガーにかけたり、タオルを手渡してくれたりしながら瑠璃子は言った。

「なにか食べる？」

もういいや、とこたえたあとで、お茶、と言い足す。何も頼まれないより何かを頼まれた方が、妻の機嫌がいいと知っている。

「はい」

気持ちのいい返事をして、瑠璃子は台所にいった。

「ベアの顔をつくってたの」

いつものように、瑠璃子は一日分の報告をする。

「テーブルの上にあるからみて。なかなか思慮深い顔になったでしょ？」

テーブルの上にはくまの頭部が三つ、たしかにころがっている。

「ほんとだ」

聡は、自分でもまぬけに思える相槌をうった。つくりかけのくまはいつみても惨殺されたもののようだ、と思う。

「さっきラジオで感じのいい曲が流れたの」

妻の報告は続く。

「歌ってる人の名前をきけなかったんだけど、昔好きだったバンドのヴォーカルに似ていたの。フェアーグラウンドアトラクションっていうバンドなんだけど、聡、知ってる？」

知らない、とこたえた。

「昼間、三軒茶屋の果物屋さんでね、すごく立派なマンゴーをみつけたの。大きくてまるまるした、きれいなピンクのオーストラリアマンゴー」

あしたの朝一緒に食べようね、と言いながら、瑠璃子はお茶を運んできた。

熱くて香りのいい玄米茶をのみながら、聡は忘年会について話した。誰それに子供が生まれたとか、誰それはすっかり中年然としてしまったとか。

言えないことが一つある方が、他のことを話しやすい、と思った。

アルコールがすこし入っていたせいか、ゲームセンターで身体を動かしたせいか、風呂に入ってぐっすりと眠れた。

翌日も冬晴れだった。

白とブルーで統一されたくまだらけの寝室は、このうちのなかでいちばん日あたりがいい。

「起きて。遅刻しちゃうわよ」

目覚ましで目はさましていたのだが、瑠璃子に起こされるまでまどろんでいた。

ゆうべの出来事を思いだす。

ゲームセンターにいって、そのあと一杯のんで帰った。それだけのことだが楽しかった。単純に楽しいということが、そういえばここしばらくなかったような気がする。

――ああおもしろかった。

そう言ったときのしほの表情。満ちたりた、そして無防備な。もうすこしで抱きしめてしまうところだった、あの表情。

妻にはじめて秘密を持った、と思う。ばかばかしい。仕度をしてリビングにいく。何をしたわけでもないのに。

朝はいつも食欲がない。テーブルにはいろいろ用意されていたが、コーヒーだけのんでコートを着た。

「いってらっしゃい。気をつけてね。なるべくはやく帰ってね」

いつものように、妻が言う。

「うん」

聡はこたえ、靴を履いた。

「瑠璃子」

「はい？」

「瑠璃子は僕に秘密がある？」

ドアをあけ、あいたドアを片手でおさえながら訊いた。

「秘密？」

瑠璃子は不思議そうな顔をして、それからごくあたりまえのことを言うように、

「もちろんあるわ」

と、こたえた。

「温泉？」

シーツのなかで、春夫はすねた顔になった。その顔を好きだと瑠璃子は思う。言葉と、感情と、表情がつながっている。それは安らかなことだった。

「そう。暮れは毎年温泉にいくの」

何日間？　と、春夫は訊いた。

「二晩」

春夫の腕のなかは、どうしてこう安らかなんだろう、と、瑠璃子は思う。

「いやだな。いかせたくない」

伊豆には、本を持っていくことに決めている。聡は今年もゲームを持っていくだろう。

「いかせたくない」

春夫はくり返し、瑠璃子の胸に鼻をこすりつけた。しずかな午後。台所のテーブルに、椿が一枝飾られている。美也子の持ってきたものだという。

「ごめん」

自分ですねておいて自分であやまるのは春夫の癖だ。

「ごめん。いかせてあげるよ。がまんする。待ってる」

瑠璃子は微笑んだ。

「勝手な言い方ね。あなたにだって美也子さんがいるのに」

美也子は家族と住んでいる。クリスマス、春夫は美也子の自宅に招待されているという。家族に会うのははじめてのことらしい。

「意地悪だね」

なぜ？　と言って、瑠璃子は煙草に火をつけた。

「ほんとうのことでしょう？」

煙を深くすいこんで吐く。きれいでやさしい恋人がいながら、春夫がなぜあの日自分を誘ったのかわからなかった。

——女の人はみんなちがうから。

いつか春夫はそう言った。

——みんなそれぞれに魅力的だよ。

「もし僕が美也子と別れたらどうする？」

瑠璃子の煙草をとりあげてすい、それを返してくれながら春夫が言った。

「どうもしないわ」

床に置かれた灰皿——青いプラスティックの、どこかの喫茶店からくすねてきたにちがいない灰皿。オレンジーナ、と、飲み物の商標が入っている——に煙草を押しつけて消し、瑠璃子は言った。

「そう言うと思った」

春夫はひっそりとわらう。

ほぼひと月ぶりに会ったとき、しほはその喜びを隠そうともしなかった。

「だってほんとに会いたかったんですよ」

夜のはじまりの公園を歩きながら、そんなふうに言った。半月遅れのクリスマスプレゼントだと言って、財布をくれた。財布は箱に入って包装され、赤いリボンがかけられていた。

「私、お休みが不定休でしょ、土、日に休めることはめったになくて、いままでちょっと不満だったんです」

砂利を踏んで、ならんで歩く。

「だって、お友だちと会えないし」

公園内の小道は街灯に照らされ、あかるかった。

「でも、最近はちょっと得した気分かな。土、日に休んでも先輩とは会えないから」

そんなことを言った。

「あ、あのレストラン、いったことあります?」

オフィス街にあるその大きな公園のなかには、小さい食堂というか洋食屋がある。聡はいったことがないとこたえた。

「今度いきましょう。テラス席にすわると膝掛けを貸してくれるんですよ」

「へえ、よく知ってるね」

正月休みはひさしぶりに実家に帰り、「あげ膳すえ膳だった」というしほの、くるくるとよく動く表情をみながら聡はこたえた。

――きょう、帰りにちょっといいですか？

昼間、しほが電話で言ったとき、聡は正直にいって嬉しかった。しほに会いたいと思っていた。

暮れに、いつものように瑠璃子と温泉にいった。いつものようにゲームを持っていき、課題にしていた第三ステージをクリアした。瑠璃子はそばで本を読んでいた。

そこのお湯は重曹泉で、瑠璃子が言うには「角質化した皮膚をやわらかくする効果がある」らしいのだが、聡には、「角質化した皮膚」というのが何のことだかわからなかった。それでもともかく言われるままに、例年のように一日数回湯につかった。そして、湯のなかで、しほを思った。東京に戻ってしほに会えるのがたのしみだった。

その保養施設は料亭ばりの料理が自慢で、夕食にはたくさんの皿がならんだ。かぶら蒸しだの穴子の煮物だの、見馴れないものをすべて残した聡をみて、瑠璃子は苦笑した。

――おいしいのに。

と言い、

――聡はほんとうに偏食。

とも言った。しかしそれでいてその瑠璃子もひどい偏食で、刺身も鹿肉ステーキも、しゃもたたき鍋も食べられないのだった。

似たもの夫婦なのだと聡は思う。

――お兄ちゃんたちってへーん。

妹の文にそんなことを言われるまでもなく。

「今度はいつ会えます？」

ふいに立ちどまってしほが訊いた。

「いつって、いつだって」

聡は朗らかにこたえた。

「仰せのままに」

はぐらかすのは得意だった。

「ずるい。岩本先輩」

しほはふくれっつらをする。会いたかったことは言わずにおいた。しほはたしかに可愛かったが、しほといると、聡はなぜだか瑠璃子のいいところばかり思いだすのだ。瑠璃子のいいところ。美人で、よく気がついて、頭がいい。人見知りがはげしく、他の人間に対して用心深いぶん、聡にだけは怖いほどの信頼を寄せている。おこらないし、騒々しくない。こうしているあいだにも、瑠璃子が自分の帰りを待っていると思うとはやく帰りたかった。

「また電話して」

にっこりわらって言ってみた。

「いつでも時間をつくるから」

財布は来週まで鞄に入れておこう、と、聡は思った。来週会社の新年会があるので、そのとき福引にあたったことにしよう。

二つめの秘密だった。


うちに帰ると、藤井登美子が来ていた。

「おじゃましてます」

ぺこりと頭をさげて言った。

「あ、いらっしゃい」

展覧会の案内状ができたの、と、瑠璃子が言った。

「みて」

それは、くまの写真のついた葉書だった。月影のベアたち、岩本瑠璃子創作ベア展、と書いてある。

「ほんとだ」

「遅かったのね。寄り道してたの?」

瑠璃子に訊かれ、時計をみると八時半だった。いつもより一時間遅い。

「いや、ちょっと仕事がのびちゃって」

ふうん、めずらしいわね、と、瑠璃子が言い、登美子がくすくすわらった。

「さて。私はそろそろ失礼しますね」

オーバーを着て、聡に、

「瑠璃子さん、心配してたんですよ」

と言う。

「遅くなるんなら電話をくれればよかったのに」

瑠璃子に言われ、聡は、ごめん、と、あやまった。電話をかけなかったことを、心から後悔した。

登美子が帰ったあと、聡はだされた夕食を残さずに食べた。洗い物をする妻の横で夕刊に目を通す。しほのことを思った。それから鞄のなかの財布のことを。

「瑠璃子」

「はい？」

水を止めてふりむいた妻に、

「腕に入る？」

と訊いた。瑠璃子は一瞬躊躇して、

「入る」

とこたえてやってきた。聡の目の前に立つ。聡は妻を腕に入れた。ゆっくりと、三秒数える。

「もういい？」

瑠璃子は目をとじて、

「もうちょっと」

と言った。再び三秒数えて腕をはなした。瑠璃子は目をあけて、ありがとう、と言う。

「めずらしいわね。聡が自分から腕に入れてくれるの」

たまにはね、とこたえ、なんとなく妻と仲よくできた気がして満足して、聡は自室にひきあげた。

7

春

二月になると、天気の悪い日がつづいた。つめたい、はてしない、冬の雨。

東京の昼はバーミンガムの深夜だ。

「恋をしてるの」

電話口で言うと、アナベラはおどろきもせず、

「普通のことよ《THAT'S NORMAL》」

と、こたえた。低い、がさがさした、なつかしい声で。

「したくないのに」

瑠璃子が言うと、アナベラはわらった。

「したくない？　なぜ？」

瑠璃子はきわめてまじめに、

「ほんとうは、夫だけを愛したいの」

とこたえ、アナベラはすこしだけ黙って、

「困ったわね」

と、言った。電話線をつたって夜の空気が流れてくるようだ、と、瑠璃子は思い、そのしっとりした空気の匂いをかぐように、小さく一つ息をすった。

「いま何を描いてるの？」

水滴のついた窓ガラスを眺めながら訊く。

「――――」

アナベラは耳馴れない単語を口にして、アジサイの一種よ、と、説明した。

「二月に？」

「ここ一年ずっとそれ」

アナベラは、植物の絵ばかりをかく画家だ。精緻《せいち》なペン画もいいけれど、瑠璃子は水彩が気に入っている。

「夏に展覧会があるの」

「アジサイの？」

「アジサイを中心にした」

アナベラはいつも正確な表現をする。そういうところが安心で好きだ、と、思う。

春夫にもおなじようなところがあった。春夫は注意深く言葉を選ぶ。注意深く、しかも清潔に。清潔とはつまり、手垢《てあか》にまみれていないということだ。そのとき、その場所に発生する言葉。春夫はある種動物的な自然さでそれを選びとる。

「私も来月展覧会があるの」

「どんな？」

「くまばかりの」

アナベラはわらい、

「才能が発揮されることを祈るわ」

と、言った。

「あなたも」

互いに幸運を祈りあって電話をきった。


展覧会は盛況だった。

瑠璃子は会場にあまり足を運ばなかったが、かわりに登美子や店のスタッフが、常時交代で画廊にいてくれた。

しばらくベアをつくりたくないな。

晴れた午後、白玉をまるめながら瑠璃子は考える。

さっき文から電話があった。

——いま駅。

あのひとはいつも突然やってくる。

——ちょっと話があって。

そんなことを言った。

夕方約束があるのであまりありがたい訪問ではなかったが、もう駅にいるというものを、断るわけにもいかなかった。夫以外の、好きな男との約束。

──画廊にいかなくていいの？

この前会ったとき、春夫は訊いた。

──いいの。あそこにいるのは気づまりなんだもの。

春夫の部屋で、一緒に雑誌をみていた。雑誌にはハリウッドのゴシップが載っていて、瑠璃子にはそれがとてもおもしろかった。春夫は興味がないようだったけれど。

──みんなが私のベアをじろじろみてるあいだ、私はどんな顔をして立ってればいいのかわからないもの。

春夫はにっこりして、そうだろうね、と言った。髪のメッシュに日があたってきれいだ。

──知らない人に話しかけられちゃうし。

春夫はさっきよりもなおたのしそうに微笑んだ。

──俺みたいに？

すっかり忘れていた、と、瑠璃子は思った。すっかり忘れていたけれど、去年、あのおなじ画廊で、春夫に話しかけられたのだった。いまや瑠璃子は一週間の半分を、春夫と一緒にすごしている。

玄関でチャイムが鳴り、瑠璃子の思考を中断した。

「こんにちはー」

文は不思議な透明感とあかるさで言い、さっさと椅子に腰をおろした。

「ちょっと待っててね。いま白玉をつくってたの」

湯の中に白玉をおとす。小さな鍋のなかにはいくつものこまかい水泡が生まれては立ちのぼってくる。

「展覧会いったよ」

文が言った。

「おもしろかった。ぬいぐるみ好きピープルっているんだね」

何をみにいったんだか。瑠璃子は苦笑しながら、浮かびあがった白玉を氷水にとる。

文はこの春大学を卒業し、ながい春休みの最中だ。大学院に進学するという。

「何を勉強してるんだっけ」

緑茶をいれながら訊いた。

「経済」

こういうのを切れ長の目というのだろう、と、瑠璃子のつねづね思っている文の目は、きょうもたっぷりのマスカラで、つややかに強調されている。

「これおいしいねー」

うらごししたあんずのシロップと、白玉を一つ口に入れて文は言った。

「これ、どうやってつくるの？」

説明してやると文は最後まで聞き、ふうん、と、言った。

「ふうん。でもいいや、あたしはべつにつくらないから」

と。

「話って何？」

瑠璃子が訊くと文は首をかしげて、

「お兄ちゃんのこと」

と、こたえる。

「お兄ちゃん鈍感なとこがあるから、気をつけた方がいいよって言いに来たの」

今度は瑠璃子が首をかしげた。

「鈍感？」

「鈍感な男って下らない女にひっかかるから」

下らない女。

「それ、私のこと？」

そう訊くと一瞬まができて、文はけたけたとわらった。

「瑠璃子さんってやっぱりへーん。わざわざ言いにきてあげたのに、想像力ないの？」

あなたの方がよっぽどへんよ、と、瑠璃子は胸の内で思う。

「煙草すっていい？」

そう言って、やけに細い煙草をくわえて火をつけた文の横顔をみて、きれいな子だ、と、瑠璃子は思った。

「下らない女ならこわくないわ」

瑠璃子が言うと、義妹は眉を持ち上げ、

「本気？」

と、訊く。

「文ちゃん、恋人は？」

「いるよー」

あたりまえのように言った。

「あたし愛人なの。ちゃんとお手あてももらってるから、ほんとの愛人。あ、これ、お兄ちゃんには内緒だからね」

瑠璃子はべつに意外でもなかったので、

「そうなの」

とこたえて緑茶を啜った。


岩本聡はハーフアンドハーフのビールをのんで、気持ちのいい夜をすごしていた。

「海にいくなら弁当がなくちゃってその人が要求するから、仕方なく私五時起きしてつくったんですよ、そのとき」

三浦しほは学生時代の恋について話している。

「料理は苦手だし、いまだったら冗談じゃないって思いますけど、あのときはそういうものだと思ってたから」

　きょうのしほは水色のブラウスにグレイのカーディガンを羽織っていて、その恰好を、女の子らしくて清潔感がある、と、聡は思う。

「いまはつくってくれないの？　弁当」

　全然食べたくなかったが、そう言ってみた。しほはおどろいた顔で聡をみた。そのしぐさは聡に小動物を連想させる。うさぎとか、たぬきとか。

「つくらないことはないですけど……」

　なんとなく恥かしそうにしほは言い、

「先輩連れていってくれます？　海」

と、大きな目をなお大きくして訊いた。

「海はなあ」

　困った顔ではぐらかした。

　しほは箸袋をふりまわして言う。

「じゃあスキー」

「決まり。春スキー」

　考えとくよ、とこたえながら、こういうのは気楽だ、と、聡はしみじみ考える。忘れていたけれど、こういう会話は昔から得意だった、とも。

「先輩、きょう時間は?」

べつに、とこたえて腕時計をみると、まだ九時前だった。きょうはひさしぶりに根本と飲む、と、瑠璃子には言ってある。遅くなると思うから先に寝ているように、と。

「嬉しいな。じゃあカラオケしません?　カラオケ」

しほはひどくはしゃいでいた。

簡単なことだった。家のなかと外とを分ければいいのだ。悪いことをするわけではないのだから。

秘密をすこし持つ方が物事は上手くいく。この数カ月で聡はそれを学んだ。だいたい、何もかも妻に話すという方が異常だったのだ。

「じゃあもう一杯のんだら場所をかえよう」

店員に空のジョッキを持ち上げてみせ、聡は言った。


「もう帰るの?」

春夫が言った。

「だんな、遅いんでしょ?」

重ねた枕に背中をもたせかけた姿勢で、身仕度をする瑠璃子をみている。

「そう言ってたけど、でも帰るわ」

春夫とは、会うたびに寝る関係になっていた。私はこの人の体がめあてかもしれない、と思うほど、春夫の体は魅力的だった。

「なぜ?」

髪をかきあげるしぐさも、その手首にまかれた変な布の腕輪も。

「帰りたいから」

瑠璃子が言うと、春夫はわらった。

「わかった。送ってくよ」

時計は七時をさしている。

聡は元来社交的なほうではない。飲み会にでても一次会で帰ることが多いし、体調を崩して早く帰ることもある。どんな理由にせよ、聡が帰るときにはうちで待っていたかった。

夕方、文を駅まで送り、そのままここに来た。セックスをし、春夫のつくったスパゲティで早い夕食を食べ、またベッドでくっついたりキスをしたりした。今度はセックスはしなかったが、おなじことだった。

「私、あなたの体がめあてかもしれない」

自転車を押して歩く春夫の横を歩きながら言うと、春夫は、

「かまわないよ」

と言い、

「光栄だ」

とつけたして、にっこりした。

駅につくと単純に別れがたい気持ちになり、それは春夫の方もそうであったらしく、春夫は自転車をとめ、

「もうすこし送る」

と言って、切符を二枚買った。


聡は尾崎豊を中心に歌った。水割りをのみ、キスチョコをつまんだ。しほは最近の歌を歌った。誰の何という歌か、聡にはわからなかった。

「四人で？」

三色アイスクリーム――最近はカラオケ屋にそんなものまであるのだ――を食べながら、しほが訊き返す。

「うん。気が進まないんだけどね」

あした、瑠璃子の顧客と食事をすることになっている。瑠璃子の話では、深窓の令嬢――いまどきそんなものがいるのかどうか知らないが――であるらしい。その恋人も来るから聡も来て、という理屈は妙な気がしたが、留学体験の影響か、瑠璃子には以前から「カップルが基本」という思想があり、それをあまり無視すると、「愛がない」と責められるのだ。

「大変ですねえ、人形作家の夫ともなると」

冗談めかせてしほが言い、聡は首をすくめた。

終電でうちに帰ると、瑠璃子は起きて待っていた。

「おかえりなさい」

いつものように玄関にでてきて言う。

「元気だった？　根本さん」

適当に相槌をうちながら洗面所でうがいをし、そのまま服を脱いで風呂に入った。

「カラオケにいったよ」

瑠璃子はおどろいたようだった。

「めずらしいのね」

なにを歌ったの、と訊く。聡は正直にこたえた。

「根本さんは？」

「浜田省吾」

学生時代をおもいだしてこたえる。

「熱唱型だからさ、うるさいんだよ、これが」

会話は不思議なほどなめらかに進んだ。隠すべきことがあると、おのずと話すべきことがでてくるのだ。これは、いつも何かしら話さなければならないこのうちのなかで、ひどく具合のいいことだった。

「きょうね、文ちゃんが来たのよ」

瑠璃子が言った。

「白玉をつくったの」

あとは、妻の一日分の報告を聞くだけだ。


聡が目をさますと、白とブルーに統一された寝室はカーテンの隙間からさしこむ日ざしですでにあかるく、チェストの上のくまたちは、てんでに虚空をみつめていた。

「おはよう」

リビングにいくと、早起きの瑠璃子がすでに一仕事おえ――本だの原稿用紙だのの散らかった、机の上の様子でそれはわかる――、コーヒーをのんでいた。

「おはよう。朝ごはんを食べるでしょう?」

うん、とこたえて椅子にすわる。十分もしないうちに、コーヒーとオムレツ、へたをとったいちごがテーブルにならんだ。

「何を着ればいいのかな」

聡が言った。

「え?」

「きょう、食事するんでしょ、お客さんと」

「お客さんっていうか、お友だちよ」

どっちでもいいけど、と思いながらコーヒーを啜る。

「聡」

瑠璃子がまじめな顔になって言った。

「いやだったらいかなくてもいいのよ」

「いやじゃないよ。いくよ、大丈夫」

あまり食欲がなかったが、のろのろと朝食を口に運ぶ。

「聡」

きいて、と言って目の前にすわった瑠璃子をみて、聡はいやな予感がした。妻がこの表情で正面にすわるときは要注意なのだ。わけのわからないことを言いだす。私を貪欲だと思うか、とか、このうちに恋が必要なのかどうかもわからない、とか。

「大切なのは、日々を一緒に生きるっていうことだと思うの」

聡は、うん、と返事をする。

「一緒に眠って一緒に起きて、どこかにでかけてもまたおなじ場所に帰るっていうこと」

「うん」

「大切なのはそのことだと思うの」

「うん」

「憶えててね」

聡はここで言葉につまった。何を憶えておけばいいのかわからなかったからだ。それでも、仕方がないので「うん」と言った。

「よかった」

瑠璃子はにっこりして立ち上がり、コーヒーのおかわりをついでくれた。

それで結局、と、聡は考える。それで結局、何を着ればいいのだろう。


会食は気づまりなものだった。聡はほとんど会話に加わらず、じっとすわっていた。「気楽なイタリア料理を食べさせる店」で。

瑠璃子の客は、たしかに「深窓の令嬢」という風情をただよわせていた。稀《まれ》にみる美人だ。背が高く、髪も脚も長く美しく、「ステュワーデスタイプだ」と、聡は分類した。やや積極性に欠ける難はあるが、外見はまさにぴったりだった。

よほどくまが好きらしく、オランダの何とかいう創作ベア作家の話だの、何分の何、と分数で個数の明記されたベアの特別さだのについて、ずっと瑠璃子と話している。

連れの男は痩せていて、ちょっと不まじめな感じだった。髪にメッシュを入れているし、いまどきやぼなミサンガをして、親指に指輪までしている。退屈なのか、さっきから聡の方をちらちらとみて、パンばかり食べている。

「でも素敵でした、『月影のベア』展」

女が言い、瑠璃子は微笑んで、ありがとう、と、こたえた。

瑠璃子には熱心なファンがいて、この手の展覧会としては信じられないくらい人が集まる、と、いつだったか登美子が言っていたのを聡は思いだした。

「御主人は御覧にならないんですか？」

メッシュ男にふいに訊かれた。

「え？」

「瑠璃子さんの展覧会」

「ああ、そういうのはあまり。ぬいぐるみの世界のことはよくわからなくて」

理由もなく恐縮しながらこたえた。

「俺だったらだめだな。いちばんにみる。その、たとえば美也子の展覧会だったら」

なにいってるの、と、ステュワーデスタイプがわらった。

「いや、俺嫉妬深いから、他の奴にはみせたくないとかって思っちゃうかもしれない」

聡には、返事のしようがなかった。

「展覧会なんかみなくても、聡と私はちゃんとつながってるから」

瑠璃子がきっぱりと言い、聡はますます困惑した。虚《むな》しく苦笑するしかなかった。これだからこういう場所は苦手だ、と、思いながら。

帰り道、散歩をしたいという瑠璃子につきあって、聡は二十分ほど遠まわりをして歩いた。団地の庭に咲いている黄色い花を、瑠璃子がどうしてもみたがったのだ。

「疲れた？」

歩きながら瑠璃子が訊いた。聡の返事は待たずに、

「ごめんね、つきあわせて」

と言う。

「いいよ、あやまらなくても。仕事なんだし」

瑠璃子はため息をついた。

「仕事じゃなくてお友だちだって言ったでしょう？　ちっとも聞いてないのね」

シャーッと音がして、夜の道を自転車が通りすぎていく。

「聡は清潔ね」

瑠璃子がぽつりと言った。

「よそのひとと会うとよくわかるわ。あなたは絶対その場所になじんでしまわないのね。ベアたちとおなじくらい清潔だわ」

そんなのいやだと思ったが、口にはださなかった。

「ね、バス停の方にもいこう？」

瑠璃子が言い、聡はしぶしぶ、いいけど、と、こたえた。バス停のそばに犬のいる家があり、瑠璃子はその犬が気に入っているのだ。

「ベアたちと違うところは会社に行くところね」

瑠璃子はまだ言っている。

「それから過去を持っているところ」

びくりとした。過去に出会った三浦しほとは、来週も金曜日に会うことにしている。

「あ、ビンゴ」

瑠璃子の姿を認めると、犬は鎖をひきずって門までできた。妻がひざまずいて犬の鼻づらをなでたり犬に自分の顔をなめさせたりするのを、聡はでくのぼうのようにつっ立ってみていた。

8

窓

「スキー？」

ミルクも砂糖もたくさん入れた、濃いコーヒーをかきまわしながら、ベッドのなかで春夫は言った。

「どこに？　何日間？」

瑠璃子は苦笑する。

「あなたって、嫉妬深い妻みたいなことを言うのね」

この部屋はいつも散らかっているのに不快ではない。聡に「潔癖症」と揶揄《やゆ》されるほど清潔好きの瑠璃子は、不思議な気持ちで首をかしげる。

「仲がいいんだね」

春夫は、すねたように言った。

「このあいだ温泉にいったばかりじゃないか」

瑠璃子はブラックのコーヒーを一口啜り、熱さに思わず、顔をしかめる。

「いま何時？」

ここに来たのは朝の十時だった。午後から自宅で撮影があるので、昼すぎには帰らなくてはならない。春めいた、いい天気の水曜日。瑠璃子はカップを床に置き、下着を拾って身につける。

──ひさしぶりにスキーにいかない？

億劫がりの聡がめずらしくそう言ったとき、瑠璃子はひどく嬉しかった。スキーなどちっとも好きではないのに。

──いく。

即答した。

──推理小説を持っていくわ。

「どっちみち連休だもの。東京にいたって会えるわけじゃないわ」

仕度をととのえた瑠璃子は言い、むくれている春夫の額に唇をつける。

春夫は駅まで送ると言わなかった。上半身裸の、だらしないスウェットパンツ姿で玄関まででてくると、

「どこにいくかも教えてくれないわけ？」

と、文句を言う。

「ばかね、そんな顔をして」

瑠璃子は微笑んだが、胸のなかで何かがあばれるのを感じた。春夫はときどきこういう顔をするのだ。拾ってもらえなかったのら犬のような顔。春夫はのら犬で、瑠璃子のベア

ではない。

「新潟よ。奥只見《おくただみ》丸山。聡が言うには、五月はそこが最高なんですって」

春夫はただ首をすくめた。


「それは絶対に大丈夫」

噴水のある広場で手づくりのサンドイッチを咀嚼《そしやく》しながら、聡はしほにうけあった。

「もともと、長時間運動できるタイプじゃないんだ」

小さなバスケットに詰められたサンドイッチは三種類で、はじにピクルスとプチトマトが添えられている。

「前にいったときなんて、頼むから一緒に滑らせてくれって言ったのに、あなたが好きな場所で好きなだけ滑ってくれないなら帰る、の一点ばりだったんだから」

自分の食事もそこそこに、聡の食べるのを熱心に眺めていたしほは、

「それならいいですけど」

と言って、缶入りの緑茶を一口のんだ。

「そりゃあ午前中は多少一緒に滑るかもしれないけど、あのときも結局彼女は一日の大半をロッジですごしていたし、今度もそのつもりみたいだから」

三種類のうち、ポテトサラダのはさまったやつ——これだけはなぜか薄茶色の食パンでつくってあった——がいちばんましだ、と思いながら、聡は言った。ピクルスとトマトを

残したら、しほは気を悪くするだろうかと考える。

「どうしてわかるんですか？」

「推理小説を持っていくって言ってた」

聡の返事に、しほはくるりと目をまわしてみせた。あきれた、あるいは、へんなの、というしるしに。

料理の腕は、断然瑠璃子が上だ。聡は思い、そう思った自分が、誇らしさに似た喜びを覚えていることに気づく。

「いい天気だね」

聡は日ざしに目を細めた。


撮影は滞りなく進み、二時間たらずで終了した。

「きょうのカメラマンは手際がよかったわね」

日ざしの傾きかけた台所で、瑠璃子は言った。藤井登美子は、すっかり冷めてしまった揚げ菓子をちょうど一つ口にいれたところだったので、声をだせずに何度もこまかくうなずいた。撮影はつねにカメラマンに主導権があり、写真の出来不出来は勿論、時間が長びくも長びかないも、彼――もしくは彼女――次第だった。

登美子の雑誌に、瑠璃子は季節ごとのお菓子の頁を持っている。きょうは夏のお菓子の撮影で、果物を葛《くず》で寄せたゆるいゼリーと、黒あんを使った揚げ菓子をつくった。

「でもいいなあ、御主人とスキーなんて」

やっと揚げ菓子をのみこんだ登美子は、そんなことを言った。

「私、瑠璃子さんのとこに来ると結婚したくなっちゃう」

「そうねえ」

瑠璃子は小さく微笑んだ。

「そう言ってもらえるのは嬉しいけど」

ここにあるのは愛ではなく飢餓なのだ。そう言ったら、登美子はどんな顔をするだろう。別な男を好きになることなど簡単だった、と、言ったら?

「だって、瑠璃子さんたちはほんとに仲がいいですよねえ」

登美子の言葉がようやく自信を持ってうなずけるものになったので、瑠璃子は力強くうなずいた。

「仲がいいの。すごくいいって言えると思う」

登美子は笑い、

「知ってますってば」

と言って片手を上げる。瑠璃子は困惑した。仲はいいけど、あんまり喋らないの。心のなかでつけたす。セックスもしないし。私がきょうどんな仕事をしているかだって、春夫は知っているけど聡は知らない。私のいちばん好きな映画も、目下端から読破しつつある推理小説作家の名前も。

「夫婦でいく温泉とかスキーとか、憧れちゃうな、そういうの」

うっとりと登美子は言い、瑠璃子はただ沈黙した。

子供のころ、瑠璃子は優等生だった。優等生といってもクラス委員をするようなタイプではなかったが、ずっと成績もよかったし、規則や門限を破ることもなく、教師や両親に反抗的な態度をとることもなく、叱られることもなかった。

でもそれは、と、目の前の登美子をみながら瑠璃子は考える。でもそれは、私が不正直だったというだけのことだ。

朝の、春夫のふてくされた表情を思いだす。ふてくされてみせても、傷ついた顔を隠すことはできなかった。すくなくとも春夫は正直だ、と思う。卑怯《ひきょう》なほど正直だ。

「それでね、結局さっきまで登美子ちゃんがいたの。一緒にビデオで『レベッカ』を観たのよ」

背広を脱ぎ、手と顔を洗ってうがいをしながら、聡は妻の一日分の報告を聞く。

「ジョーン・フォンテーン、きれいだった」

とか、

「怖いシーンになると、登美子ちゃんほんとに息をのむのよ。しゃっくりみたいな音がきこえるの」

とか。報告は結婚当初からのかわらない習慣だが、瑠璃子があまりにも何もかも教えてくれようとするので、聡はときどきいたたまれない気持ちになる。しほと会った日は、聡は虚偽の報告をしている。

スキーのこともそうだ。あんなふうに無邪気に喜ばれては立つ瀬がない。私はスキーは苦手だし、根本さんでも誘っていってくれば？　たとえばそんな返事を、まったく期待していなかったといえばたぶん嘘になる。

一体幾つめの嘘だろう。

聡は、もはや自分の嘘を数えることもできなくなっていた。

「きょうはとりなべよ」

妻に促され、食事をしにリビングにいく。食器のきちんとセットされたテーブルの、小さな卓上カレンダーに目がすいよせられた。スキーにいく日にちが、くっきりと赤いまるで囲まれていた。

レンタカーを借りたのはひさしぶりだった。渋滞を避け、前の晩に出発した。

「夜逃げみたい」

瑠璃子はそんなことを言った。

「眠っていいよ」

聡は言ったが、妻が寝ないことはわかっていた。失礼なことが嫌いなのだ。

失礼なこと。

聡は、油断すると心臓がすぐに早鐘を打ち始め、その鼓動のあまりの大きさに、隣にいる瑠璃子にきこえてしまうのではないかとひやひやした。

失礼なこと。

しほとは入念に打ち合わせをした。万が一にも妻に知られることのないように。

――どきどきする。

ゆうべ、しほは目を輝かせてそう言った。こうしてハンドルを握っていても、しほのつけていた甘く清潔な香水の香りが、鼻先をかすめるような気がした。

――一緒ですよね。

しほは何度もそう言った。

――別々にでかけて別々に帰るけど、でも一緒ですよね。

自らの勇気を鼓舞するようにそう言ったしほを、気がつくと聡は抱きしめていた。いつも瑠璃子を「腕に入れる」ときのようにではなく、きつく、夢中で。

いまごろしほが一人で高速深夜バスに乗っていることを思うと、聡はアクセルを踏む足に力がこもった。まるで、自分がすこしでも早く到着すれば、しほの乗ったバスもまた早く到着するのだとでもいうように。

車のなかはしずかで、ラジオから小さなヴォリウムで、英語のニュースが流れている。

ロッジには明け方に着いた。月明かりと常夜灯に照らされて、ゲレンデが青白く光っている。

「やっぱり寒いのね」

靴を脱ぎ、フロントで待つあいだに瑠璃子が言うと、雪をみるだけで血が騒ぐらしい聡は愉しそうににっこりし、

「ところが」

と言った。

「昼間滑ると夏みたいに暑い」

瑠璃子は信用しなかった。ひと気《け》のないロビーをぐるりと見渡す。

「天井が高いのね」

ありふれた応接セットの横に埃《ほこり》をかぶった暖炉があり、暖炉の上の壁には重たい色調の油絵がかかっている。

部屋で数時間眠った。外泊するときの常で瑠璃子はシーツの清潔さが気になったが、それでも、長いドライブのあと、ようやく体をのばせてほっとしていた。

春夫のことを考えた。

はやく東京に帰って春夫に会いたい、と思ったのではない。聡のそばにいるとき、瑠璃子にとって春夫の存在は、まるで現実味がない。この世に、ほんとうに津川春夫という男が存在するのかどうか、天井の丸太をにらみながら瑠璃子は考えていた。天井の丸太は、たしかに存在している。

隣で、聡はすでに寝息をたて始めていた。瑠璃子に背を向けている。横向きになり、瑠璃子は片手でそっと聡の肩に触れる。体温。薄い布ごしに、皮膚とその下の脂肪や筋肉、血管や骨まで感じとれるような気がした。

瑠璃子はそのまま聡の肩に顔を寄せた。聡のやわらかな生命の匂い、わずかに湿った布団の匂い。夫を起こしてしまわないように気をつけながら、瑠璃子は聡の背中を抱くように身を添わせる。ぴたりと。息をすい、息をはき、目をとじた。みちたりた動物みたいな気持ちで。

朝食のあとでゲレンデにでた。目を疑うまぶしさだった。

「聡」

息をのみ、瑠璃子は思わず聡の腕に手をふれた。

スキーヤーたちは色とりどりの軽装であちこち滑り降りており、日本中の、きょう一日分の陽光がここに集まってきたかと思うほどの日ざしを、一面の雪が見事に反射させている。

「サングラスが三つくらい要りそうね」

瑠璃子は言い、翳《かげ》りのない青空をあおいだ。

スキーは、聡が自信を持っている数少ないことの一つだ。Tシャツにジーパンという恰好だけで、この初心者用のゲレンデではコーチなみに目立つ。

聡の教え方がいいのか、本人が主張するほど鈍くないのか、瑠璃子はほとんど転ぶことなく、順調に四、五本滑り降りている。

「もうちょっと上にいってみる？」

聡が訊くと、瑠璃子はしかし首をふり、もういい、と言った。もう十分、もう疲れた、と。

「聡、上にいってきて」

予期していた言葉だったのに、妻の素直な口調にふいに気がとがめた。

「いいよ、まだ」

おこったような言い方になり、聡はいそいで、

「もうすこし滑ろう」

と、言い添えた。瑠璃子は困ったような顔をした。

「コーヒーがのみたいの」

と言う。いつもそうなのだ。瑠璃子という女は、遊んでいても楽しそうにみえない。

「わかった」

聡は言い、妻をロッジまで送った。

瑠璃子を喫茶店に置き、部屋に戻るとにわかに心臓が音をたて始めた。一体何だってこんなことをする羽目になったのか、聡は自分でよくわからなかった。ただもう後へはひけ

ないし、しほに会いたいのは真実だった。

しほはおなじロッジに泊っている。フロントに部屋の番号をきき、電話をすることになっていた。


喫茶店は山小屋風にしつらえられていて、ガラスケースにチーズケーキがならんでいた。瑠璃子はコーヒーを注文し、持ってきた文庫本はひらかずに、しばらく窓の外を眺めた。煙草を一本くわえて火をつける。

スキーは四年ぶりだった。四年前に蔵王に、やっぱり聡と二人でいった。スキー場の聡はいつもと別の人間のようだ、と思う。学生時代の聡はこんなふうだったのだろうか。かつて、私たちが出会う前の聡は。

「ここ、いいですか」

声がして、顔を上げると春夫が立っていた。いつもの、穏やかな笑顔で。

瑠璃子は返事もできなかった。春夫は勝手に椅子を引き、目の前の席に腰をおろした。

「ごめん」

まだ口をきけずにいる瑠璃子に、片手で顔を半分隠して春夫は言い、そのすまなさそうな口調とうらはらに、

「でも会いたかった」

と、堂々とつけたした。ウェイトレスにカフェオレを注文する。

「信じられないわ」

やっとのことでそうつぶやくと、瑠璃子はうしろを振り向いて、聡がもういないことをたしかめた。

「何てことするの、あなたは」

本気で文句を言ったつもりだったのに、声に緊張感はなかった。微笑まずにいるだけでもやっとだった。なつかしい春夫。

「会いたかったわ」

言葉が勝手に口をついてでた。

「会いたかった。すごく会いたかったわ」

言葉のあとから感情が溢れ、堰を切ったようになり、瑠璃子は立ちあがって、春夫の首に腕をまわした。

「どうしよう、すごく会いたかったわ」

百遍でも言いそうだった。

「違うの、会いたかったんじゃなく――」

瑠璃子は言葉を探した。春夫を見るまで、春夫に会いたいと思ってはいなかった。

何？　春夫が目で問いかける。もどかしい気持ちで、瑠璃子は春夫をみつめた。会いたかった、としか言いようがなかった。いままでどこにいたの、どうして私をひとりにしておいたの。

「びっくりしたわ」

　かわりに瑠璃子はそう言った。そして、

「会えて嬉しいわ」

　と。春夫はにっこりし、

「小さいスキー場だね」

　と、言った。

「リフトも七、八本しかないんじゃないの？」

　そう言われても、瑠璃子にはそれがどのくらい少ない数なのか見当もつかない。

「滑らないの？」

　瑠璃子が誰と来ているかは知らないかのように、春夫は訊いた。

「教えてあげるよ。俺、スキー結構上手いよ」

「もう滑ったわ。もうきょうはおしまい」

　こたえながら、瑠璃子は自分で驚く。さっきまで聡と滑っていたのだ。それは、しかし誰か他の女の物語のように思える。

　春夫は運ばれてきたカフェオレを啜り、

「じゃあ部屋にいこう」

　と言った。

「俺の部屋にいこう」

と。瑠璃子は目をみひらいた。

「ここに泊ってるの？」

春夫はきょうはじめてほんとうにすまなさそうな顔をして、

「だって、ほかになかったんだよ」

と、言った。

「信じられない」

瑠璃子はあきれた顔でもう一度言ったが、言ったときには信じられていたし、自分たち二人に、自分たち二人用の部屋があることは当然のように思えた。


聡が再びゲレンデにでたとき、太陽はやや西に移動しかけていた。喫茶店をのぞいたが妻の姿はなく、部屋に戻るとベッドの上に、散歩をしてくるというメモがのっていた。

「滑るぞーっ」

しほははしゃいでいる。リフトを乗り継ぎ、たとえ瑠璃子がゲレンデにでていても、ここまでは来ないだろうと思えるところまで来ると、聡はしほと手をつないだ。リュックには、しほの部屋の冷蔵庫から持ってきた缶ビールが二本入っている。

聡が部屋を訪ねたとき、しほはドアを閉めるやいなや抱きついてきた。きのうから「ずっとどきどきしっぱなし」だったことや、「来てくれなかったらどうしよう」と心配でたまらなかったこと、一人で乗った高速深夜バスが「死ぬほど心細かった」ことなど、次々しほの口をついてでる言葉を、聡はゆっくりと唇でふさいだ。

ベッドは目の前にあり、何もかも、あまりにも上手く運んだ。出会ってから随分時間がかかったが、こうなることは、学生時代からわかっていたようにも思えた。しほは、聡が忘れていた何かだった。その何かを思いだしたくて、聡は夢中でしほの体を征服した。征服。それがまさにぴったりの言葉だった。しほは従順にそれを受け容れた。

一本目を滑り降りる途中で、聡は雪のなかに缶ビールを埋めた。目印に小さな雪山をつくると、しほがさらに小さな雪玉を重ねた。

「雪だるま」

と言う。

無論聡におよぶべくはないが、しほのスキーの腕前はなかなかのものだった。それに何より、しほは一緒に滑りたがった。どこまでもついてこようとした。
二、三本滑ると汗びっしょりになった。ゲレンデは清潔で、何もかも調和していて、聡は自分の体の質量をたのしんだ。まるで、世界が一瞬にして解放感と秩序をとり戻したかのようだった。
「もうだめ、先輩すごすぎる」

そう言ったしほは、それでも爽快そのものの顔をしていた。

雪だるまのわきでビールをのんだとき、日ざしはすっかり傾いていた。板をはずして二本交差させる形に深く雪につきさして立て、ビンディングにストックを渡して即席の椅子をつくった。汗をかいた肌を風がなぶっていく。

「夢みたいにおいしい」

顔を上気させたしほが言い、聡は返事のかわりにまた唇をふさいだ。この時間を共有しただけで、しほは自分の人生において特別な存在だと思いながら。


造りは自分たちの部屋のそれとおなじなのに、瑠璃子には、そこがまるで違う気配を持つ場所に思えた。大きく切り取られた窓、白い薄いそっけないカーテン、これみよがしにふんだんに使われた木材、椅子の背にかけられた春夫のセーター。

雪の反射で、室内にも光が溢れ返っている。行為は、東京でのいつものそれにも増して激しく、のびのびしたものだった。いろんな恰好になった。あかるい部屋のなかで。

思いだして、瑠璃子はくすくす笑った。自分があんな恰好になるとは思ってもみなかった。春夫の吐く煙草の煙が、瑠璃子の鼻先をゆっくりただよっていく。

——ところが。

きのう、聡が愉しそうに言ったのを思いだした。

——昼間滑ると夏みたいに暑い。

スキーでは汗をかかなかったけれど、と、瑠璃子は胸の内で思う。昼間すると夏みたいに暑いわ。

「どうしても来ないではいられなかった」

春夫が言った。

「怒らないでほしい」

と。

「どうして怒るの？ 嬉しかったわ、ものすごく」

瑠璃子は言い、でももういかなくちゃ、と、つけたした。聡が探しているかもしれない。

――昼間滑ると夏みたいに暑い。

瑠璃子は微笑む。聡はいまごろ、子供みたいに汗をかきながら滑っているのだろうか。

下着を拾おうとすると、春夫に背中を抱かれた。首の骨に鼻がこすりつけられるのを感じる。

「これ以上望んだらあなたを失うかもしれないと思う恐怖なんて、あなたにわかるはずがない」

春夫はそんなことを言った。

「いかなくちゃ」

瑠璃子はくりかえす。

「聡は窓なの」

抱きしめられたまま言った。

「聡は私の窓なの」

「おかえりなさい」

妻はいつものようにそう言って、

「たのしかった？」

と、尋ねた。風呂に入ったあとらしく、風呂場の鏡がくもっている。瑠璃子はどこにいても変わらない。

「それ、はやく脱いだ方がいいわ。風邪をひいちゃう」

促されるままに服を脱ぎながら、聡は自分を裏切者だと思った。もしもあなたが浮気をしたら、私はその場であなたを刺す。いつかそう言ったときの瑠璃子の、思いつめたまなざしを思いだす。

9
夜

雑居ビルの三階の居酒屋で、ビールのジョッキをいっぺんに幾つも運ぶ春夫の手つきに、あぶなげはもう全然なかった。立ち働く春夫の動作はきびきびして気持ちがよく、「料理人になるわけじゃないから」依然として雑用係——客の履き物を揃えたり注文をとったり、ビールを運んだりレジを打ったり、帰る客のためにエレベーターのボタンを押したり——ではあるのだが、料理人二人とおかみさんが一人の小さな店で、春夫はおそらく頼りになって重宝な、いつまでもやめてほしくない類の働き手だろう、と、緑の冴えた空豆を一つ口に運んで瑠璃子は考える。もっとも春夫本人には、この仕事に日々の経済以上の意味や価値ははじめからないわけで、単にそつなくこなしているだけだ。

春夫はいつもそうなのだ、と、瑠璃子は考える。聡や自分と違い、たいていのことは上手にこなす。仕事も、恋も。

「タイトルは今度も、『岩本瑠璃子の世界』です」

隣で藤井登美子が言った。

「このあいだの展覧会の報告っていうか、ベアたちの写真と、一体ずつのプロフィール、瑠璃子さんのベアについてのエッセイ——これは××さんにお願いしたやつです——、それから往復書簡」

仕事の打ち合わせに、瑠璃子はときどきこの店を使う。そうすればすこしでも、春夫と会える——というか、春夫をみていられる——からだ。

「往復書簡？」

「ええ。読者は瑠璃子さんのプライヴェートな部分にも興味を持っているので、お友達との往復書簡みたいなものを載せるといいんじゃないかなって」

登美子はいろいろなことを考えつく、と、瑠璃子はいつも感心する。

「それから、できれば小さいころの写真を何枚かお借りできれば、と思うんですけれど」

瑠璃子は探してみると約束した。

あぶった腹身肉とオクラのたたき——この店での瑠璃子の気に入りのメニュー——をつつき、ビールをのみおえて時計をみると、八時になっていた。聡はもう帰っているだろう。

「さて。帰らなきゃ」

瑠璃子は言い、登美子が「はあい」と返事をして伝票に手をのばした。春夫に目をやると、すこし離れた場所に立っていた春夫は、誰はばかることもなく、もう帰っちゃうの、という表情をつくってみせた。

「帰らなきゃ」

瑠璃子はもう一度——今度は登美子にではなく、形としてはひとりごとのように——つぶやいて立ちあがる。蒸し暑い、六月の夜だ。

聡とでかけたスキー旅行について、瑠璃子が新鮮に思うのは春夫ではなく、むしろ聡だった。無論、あの日喫茶店に春夫が現れたときにはおどろいたし、随分やんちゃなことをするものだとあきれもしたのだが、会いたかった、と言った春夫の声の素直さは、そのまま自分の気持ちでもあった。会いたかった。そして会えた。肌に触れたかった。だから服などすぐに脱いだ。ひどく自然なことだった。

夕方部屋に戻ってきた聡は、頰を上気させていた。存分に滑って満足したらしく、機嫌がよかった。普段よりずっと饒舌で、それはまるで出会ったころの聡のようだった。

出会ったころ。瑠璃子は不思議な気持ちで思いだす。

飛行機の座席が偶然隣りあった日、喋るのは聡ばかりだった。遠慮がちに声をかけてきて、旅について尋ね、東京での生活について尋ね、自分の旅について語り、それから就職することになっている会社について語り、何か飲み物をとってこようかと言い、寒ければもう一枚毛布をもらってこようかと言ったりもして、要するにうるさかった。

でもそれは「ナンパ」と呼ぶにはあまりにも直接的だったし、随分と熱心で不器用なものだった。

聡はその日、瑠璃子の指輪――ビーズの、アナベラの作った――をきれいだとほめ、荷物の少なさをほめ、一人旅をおそれない勇敢さをほめた。

あの日電話番号を訊かれて、教えたことを後悔したことは一度もない。熱心に電話をよこしては食事やドライブに誘ってくれる聡を、特別好きだとは思わなかったが嫌いでもなかった。ちょうど、一年前のいまごろ、突然自分の人生に現れた春夫を、特別好きだとは思わなかったが嫌いでもなかったのとおなじように。

渋谷駅で藤井登美子と別れ、地下鉄に乗った。瑠璃子の帰りが遅くなっても聡は文句を言わないが、聡がうちにいると思うと、瑠璃子は早く帰りたくなる。聡は瑠璃子がいてもうちのなかで一人になりたがるが、一人だけでうちにいることは大嫌いなのだ。瑠璃子はそれを知っている。

つきあい始めてしばらくすると、聡がみかけほど社交的ではないことがわかった。帯広の家族も学生時代の仲間たちも、聡の内部にうまく届いていないように思えた。あるいはすくなくとも、あきらかに聡はそれを拒絶していた。子供じみた意固地さで。

あのときに気持ちが揺れたのだ。電車のドアがあき、ホームに吐き出されながら瑠璃子は思いだす。必要とされること、頼られること。私たちはたぶん、負の要素でばかり結びついているのだ。

うちに帰ると聡は自室でコンピューターをたたいていた。

「ごめんんね。すぐごはんつくるから」

瑠璃子が言うと、聡は画面から目を離さずに、

「うん」

とこたえる。

「登美子ちゃんと一緒だったの。渋谷の、ほら津川さんの働いているお店、あそこにいったの」

「うん」

「おいしいお肉をだすのよ。値段もそう高くないし、小ぢんまりしてていい感じなの」

瑠璃子は一方的に報告する。聡がよく聞いていないことも、しかしまったく聞いていないわけではないこともわかっていた。

うちの聡だ。

瑠璃子は心のなかで思った。うちの聡だ。スキー場で束の間戻ってきたように思えた昔の聡は、またどこかにいってしまった。


三浦しほの体は、抱きしめるとおどろくほどやわらかい。パソコンをたたきながら、聡は昼間の記憶を反芻する。そのやわらかさは、聡を不安にさせると同時に幸福にする。

しほは自分の仕事の休みの日、たった一時間のために聡の会社のそばにやってくる。無味乾燥なビル街に。

しほランチ。しほはその訪問を、自分でそう呼んでいる。その言葉どおり、昼食を携えてくるのだ。昼食は手づくりのこともあるが、近所で買ったのり巻きやハンバーガーのこともある。買ったものの方が聡の口に合うことを学習したらしく、ここのところ買ったものが多い。「デパ地下」で探すのだと言っていた。しほの、そういうところが聡は好きだった。あっけらかんとして、合理的なところが。

もっとも、最近――というのはつまり、五月の連休のスキー以来――昼食は食べられないこともある。食べる暇がなくて。

聡はいままで意識したことがなかったが、無味乾燥なオフィス街にも、ラブホテルはひっそりと――しかし存外あちこちに――あるのだ。

――違いすぎるんですね、きっと。

すこしも悪びれず、昼間しほはそんなことを言った。

――だって先輩の奥さん、みんなでわいわい騒ぐの嫌いなんでしょう？　キャンプとか。たのしいのに。スキーもテニスも嫌いで、カラオケとか軽蔑してるんでしょう？

――べつに軽蔑はしてないと思うけど。

聡は言ったが、本質的な否定ではなかった。

――違いすぎると大変ですよねえ。

しほの言葉に含みはなかったし、聡自身そのとおりだと思いもしたのだが、一方で、自分と瑠璃子の類似性について、しほには絶対にわからないであろうその類似性について考えないわけにいかず、するとしほをだましているような、しほにひどく悪いことをしているような気がした。

「ごはんできました」

携帯電話で瑠璃子に呼ばれ、聡は、「はい」と返事をしてリビングにいく。「昼間つくっておいた」というビーフシチュウには、聡の苦手な緑黄色野菜が、影も形も――無論匂いも――なくなるまで煮込まれていて、聡の好きな肉とじゃがいもと玉ねぎは、大きなままちゃんとやわらかくたっぷりと入っていた。


風の強い晴れた日曜日、聡は瑠璃子に促され、近所の公園に散歩にいった。

「緑がきれい」

木立ちを見上げ、嬉しそうに瑠璃子が言った。

「もうじき夏がくるわね」

夏は聡の好きな季節だ。夏がきたら、と、聡は考える。夏がきたら、しほを連れて海にいこう。しほはきっと喜ぶだろう。高校時代は水泳部だったと言っていたから、きれいなフォームで泳ぐかもしれない。

「何を考えてるの？」

瑠璃子が言った。

「べつに」

とこたえた聡をみて、幸福そうににっこり笑う。

「なに？」

今度は聡が訊いた。

「べつに。ただ、聡が嬉しそうな顔してたから、私も嬉しくなっちゃったの。いいお天気だし」

聡は、罪悪感が顔にでていないことを願った。瑠璃子といるあいだは、しほを心から追いださなくては、と考える。

「みて、薔薇園」

瑠璃子は言い、赤や黄色の小ぶりな薔薇が、整列して咲いている一画に歩いていく。

散歩は満足のゆくものだった。コンクリートでできた小山の形をした遊具にのぼりたいと言ってのぼり、降りられなくなった瑠璃子に手を貸してやったし——しほならこんな遊具は朝飯前だろうと思ったことは無論顔にださなかった——、ベンチにすわって缶ジュースを半分ずつのんで、風が強くて上手く煙草に火をつけられずにいた瑠璃子のために、風上に立って風を防いでやり——しほは煙草などすわない——遠まわりをして瑠璃子の好きな犬のいる家をみて帰った。疲れたが気分はよく、瑠璃子もたのしそうにみえた。

「散歩はいいわね」

マンションのエントランスで、そんなことを言った。


翌週、聡は三度、しほに会った。二度の「しほランチ」と、金曜の夜だ。会いすぎだ、と、わかってはいたが、自重できなかった。

三度のうち、二度セックスをした。少女じみた外見に似合わず、しほは大胆なセックスをする。（体がやわらかいから、どんな恰好にもなれるんです、と、あとから言った。言い訳をするみたいに。）唇や舌をあまりにも巧妙に使うのでつい呻き声をもらすと、しほはたのしそうにくつくつ笑った。聡の下腹に顔を埋めたままで。それでいて、最後の瞬間にはその気の強さはなりをひそめ、子供のようにしがみついてくるのだった。

しほの快活さは、自分の生活になくてはならない小川の流れなのだ、と聡は思う。この小川さえあれば、自分は瑠璃子の繊細さを護れると思った。

そのおなじ週、瑠璃子は四度、春夫に会っていた。四度のうち、二度セックスをした。会うたびに「ここに帰れた」と思い、夜を恐れ、しかしその夜が来れば、「帰らなくちゃ」と、口にした。

「もう帰るの？」

ベッドのなかで、春夫は言った。

「だんなさん、遅いんでしょ、きょう」

聡は同僚の転勤で送別会があると言っていた。遅くなると思う、と。金曜日。

「だったらまだいいじゃないか。まだ八時だよ」

どうして帰りたくなるのか、瑠璃子には自分でもまるでわからない。

「ごめんなさい」

それでそう言った。

「ここは居心地がよすぎるの」

ベッドからでて、考えながら説明する。

「ここにいると、昔のことを思いだしてしまうの」

昔の、聡なしでも平気だったころのことを。

「だから心配になるんだと思う」

「心配？」

春夫は首をかしげる。

「帰らないと帰れなくなる。それが怖いから帰るの」

「じゃあ、帰れなくなればいい」

間髪を入れず春夫は言い、瑠璃子を強引に抱きよせた。

「帰れなくなって、帰らなければいい」

返事をする暇もなく、瑠璃子は唇をふさがれた。


聡が帰ると、瑠璃子はまだ起きていて、仕事をしていた。

「おかえりなさい」

玄関のドアに鍵をかけながら言う。

「アナベラに手紙を書いてたの」

アナベラとの手紙のやりとりを、日本語訳つきで雑誌に載せるのだと瑠璃子は言う。

「へえ、おもしろいね」

礼儀のつもりでそう言った。

「どうだった？　送別会」

たのしかった？　とか、何を食べたの？　とか、瑠璃子のいつもの質問に、聡は一つずつ慎重にこたえた。慎重に、しかも滑らかに。いつものように、瑠璃子はその一つ一つにきちんと耳を傾けてうなずき、聡が話しおえると、

「腕に入れて」

と、言った。そして、腕のなかで目をつぶり、なぜだかもう一度、

「おかえりなさい」

と、言うのだった。白いTシャツにブルージーンズ、白いカーディガンという恰好の瑠璃子は、腕に入れると梨のような匂いがする。出会ったころからずっとかわらない匂いだ。その匂いはごく弱く、普段ほとんどわからないほどなので、それが香水とかシャンプーといった類のものの匂いなのか、瑠璃子自身の肌の匂いなのか、聡には判断がつかなかった。

「私もさっき帰ってきたの」

腕をはなすと、瑠璃子は言った。

「白いまるい月がでていたの、みた？」

聡が、みない、とこたえると、隣家の庭に面した窓をあけ、

「みて」

と言う。聡は言われたとおりにした。六月の夜気はしっとりと湿って、隣の庭に咲くガーデニアの、甘い匂いがただよっている。

「夜になるとみんなうちに帰るでしょ。妙だなあと思うの」

外をみたまま瑠璃子は言った。

「マンションの窓のあかりなんかみるとね、あの一戸一戸全部に、それぞれ人が帰るなんて妙だなあって」

聡は背のそう高い方ではないが、瑠璃子はさらに小柄なので、頭のてっぺんが聡のあごのあたりにくる。そんなふうに重なるようにして、白いまるい月のでている空をみた。ここでしずかに自分を待っていた妻を、いとしいと思った。

「昼間は外にでて、仕事をしたり、いろんなことを考えて、浮気したりしていても、夜になるとそれぞれのうちに帰るでしょ。それって妙だなあと思うの」

聡は凍りついてしまった。

「お風呂、わいてるから好きなときに入ってね」

瑠璃子にそう言われても、しばらく窓のそばから動けなかった。

10

嘘

三浦しほとの関係は、おどろくほど滑らかだった。しほは快活で卒直で、聡はしほと一緒にいると落ち着いた。会社の昼休みに人目をしのんで短いデートを重ねたり、残業だの飲み会だのといつわって、夕方から夜までの時間をいとおしむように共有するのは幸福なことだった。そういうとき、夜の街は聡としほの味方だったし、まわりにあふれている有象無象の男たちも女たちも、不思議な具合に同胞だった。

簡単なことだった、と、聡は思う。かつて、世の中はたしかにこんなふうにひらけていた。聡は自由だったし、いまもまた、無論自由なのだ、忘れていただけで。

「瑠璃子」

聡は、目の前でくまの腕に綿をつめている妻に言った。

「今夜、ひさしぶりに外食しようか」

「外食?」

瑠璃子は手を止めて顔を上げ、めずらしいのね、と、言った。くまの腕は奇妙にリアルなかたちをしていて、瑠璃子の手のなかでわめいているようにみえた。はやくしてくれ、とか。

「うん。このあいだ会社の連中といった店が結構よかったから」

青山のそのイタリア料理店には、会社の連中とではなくしほとでかけた。二人で食事をすることを愉しいと思い、しほをいとしいと思ったことは、でもいまは問題ではなかった。一皿ずつの量がすくなく、野菜を使った料理が多く、パスタが細くきりりとしていた。瑠璃子が気に入りそうな店だ、と、あのとき聡は頭の隅でたしかにそう考えたし、大切なのはそのことだった。

「すてき」

にっこりわらって瑠璃子は言った。


店は、瑠璃子の気に入ったようだった。

「かわいらしいのね」

天使をモティーフにした内装の一つ一つに感心してみせたあと、瑠璃子はメニューを吟味して、注文した料理をおいしそうに食べた。

しほと来た店に瑠璃子を連れてくるという行為は、しほに悪いのか瑠璃子に悪いのか、おそらく両方に悪いのだろうとは思ったが、聡には、実感として罪悪感がなかった。いまや二人とも、大切な女性だった。

それにしても、と、聡はへんな香草をのせてグリルした魚をつつきながら考える。店の感じが、この前とは随分違う。具体的にどこがどうというのではなかったが、店全体が、この前の方がずっと美しく調和していたように思える。美しく、そして温かく。しほと自分を、周囲の誰もが祝福してくれている気さえした。店のなかだけ、時間が止まっているみたいだった。

「食べないのね」

瑠璃子が言った。ベージュのブラウスに黒のパンツという恰好の瑠璃子が、ふいにとても遠い女に思えた。

「何か喋って」

瑠璃子はさらに言い、しかし聡には、言うべき言葉が何もなかった。

聡は喋らない。あまり食べない。それはいまに始まったことではない。店をでて駅まで歩くあいだ、瑠璃子はそれについてできるだけ考えないようにした。春夫と食事をするときの幸福を、聡に望むのは間違っている。聡はやさしい。聡は誠実だ。それはわかっていた。

券売機で切符を買い、改札をくぐる。

「手をつないでもいい?」

瑠璃子は言い、聡の手に指をからませた。

地下鉄の窓に映った自分たちの姿は、でもすくいがたくよそよそしく、おそろしく淋しかった。

月曜日。

白とブルーに統一された、十五体のベアの見守る寝室で、聡はめずらしくぱっちりと目をさました。月曜日だ。いちばんはじめにそう思った。身内に小さな力が湧きあがるような気がした。月曜日だ。

しほに会いたかった。ここでも会社でもない場所にいきたかった。

ゆうべ、帰りの地下鉄のなかでしほのことを考えた。隣には瑠璃子がいたが、そのことと、しほについて考えることはまったく別のことだった。八時半で、しほはまだ遊園地で働いている時間だった。聡は夜の遊園地を思った。イルミネーションや、ポップコーンを売る移動式の車や、音楽のことを。

あのとき、聡はすぐにもしほに会いにいきたかった。自分が突然姿を現したときの、しほのおどろいた顔が目に浮かんだ。おどろいた、そして次第に心底嬉しそうに変化する顔が。

月曜日だ。しほはきっと午前中に電話をかけてくるだろう。昼休みか夕方に、「すこしでも会いたい」と言うだろう。甘い、懸命に感情を抑えようとする声で。

学生のころから、月曜日は憂鬱な日と決まっていた。その自分が月曜日を待ち望むとは。トイレで用を足しながら、聡は不思議な気分のよさで苦笑した。

聡は、毎朝歯を磨いたあとで、鏡をのぞきこんで歯ぐきをチェックする。「健康なピンク色」であることを確認する必要があるのだと言う。瑠璃子は毎朝それを眺める。うしろから、じっと。何か人間以外の動物――くまとか、ゴリラとか――の生態を観察するみたいに。

「おはよう」

それから声をかける。コーヒーをつぐタイミングをはかりながら。

一日のはじまり。この日常に不満はない、と、瑠璃子は思う。淋しさはたぶん人間の抱える根元的なもので、聡のせいではないのだろう。自分が一人で対処するべきもので、誰かに――たとえ夫でも――救ってもらえる類のものではないのだろう。

でも、と、聡の好きな桃をむきながら瑠璃子は考える。でもそれなら、春夫といるときに淋しくないのは一体どういうわけだろう。あんなにみちたりてしまうのは。

「かわいいくまだね」

テーブルにつきながら、聡が言った。

「新作なの?」

くすんだピンクと赤とオレンジがまざった、目の粗いウールのベアは試作品で、ゆうべ仕上げて椅子にすわらせておいたものだ。

「こういうベアが好き?」

瑠璃子のつくるベアに対して、聡が意見なり感想なりを言うのはめずらしいことだったので、嬉しくなってそう尋ねた。

「好きっていうか……」

聡は困ったように口ごもった。

「専門的なことはよくわかんないけどさ」

今度は瑠璃子が困惑する番だった。

「専門的なことって?」

訊き返すと聡はますます困った顔をした。コーヒーを半分のんで、桃を一切れ口に入れ、いってきます、と言って立ちあがる。

聡は朝食をほとんど食べない。でも、それはいまに始まったことではない。

「いってらっしゃい」

玄関まで見送って、瑠璃子は聡の首に腕をまわした。聡は硬直した姿勢で妻の離れるのを待ってから、もう一度、いってきます、と言ってドアをあけた。

閉まったドアの内側に、瑠璃子はぽつんととり残される。


三時間仕事をし、仕事をしながら豚のあばら肉を夕食のために煮込んだ。部屋じゅうに八角の匂いがたちこめている。八角という星形の香辛料が瑠璃子は好きだ。香港にいる気分になる、と、香港にいったことはないが瑠璃子は思う。かわいた、なつかしい、濃密な匂いだ。

正午。瑠璃子は、八角の匂いでいっぱいの部屋のなかから、アナベラに電話をかける。バーミンガムは午前三時だ。

遠い、不安げな発信音。

「HELLO?」

アナベラは HELLO を、ハローではなくヘロウと発音する。ややもすると、ヘッロウ、と。

「ここは晴れてるけど、そこも晴れ？」

一拍おいて、微苦笑を含んだ低い声が、

「ええ、星がでてるわ」

と、こたえた。

「このあいだは仕事に協力してくれてありがとう」

瑠璃子が言うと、アナベラは、どういたしまして、と、こたえた。

「あれで役に立った？」

「ええ。あなたの書く文字はきれいだから、視覚的にも雰囲気のあるページになったと思う。雑誌はいってる？」

「いただいたわ。あなたの写真がでていた」

藤井登美子のつくっている雑誌に、アナベラとの往復書簡を載せたのだった。

「恋人は元気？」

アナベラが訊いた。

「元気よ」

短いまができる。

「夫のことは訊かないの？」

瑠璃子が尋ねると、アナベラは、訊かないわ、と、即答した。再びまができて、二人ともふっとわらった。

「おかしいのね」

瑠璃子は言った。

「あなたの恋人は元気？」

「元気よ」

「結婚はしないの？」

「しないわ」

アナベラの返事は、いつも短い。

私が彼と寝たことを知ってる？　ふいに、そう訊きたい衝動にかられた。でも恋ではなかった。それも知ってる？

「春夫というの」

瑠璃子は名前を言った。

「ハルオ?」

くり返したアナベラの言い方は、半ばアルオと聞こえた。

「そうよ」

その名前が、アナベラにとって重要でないことはわかっていた。それでも告げたかった。私の好きな男の名前は春夫というのよ、と。バーミンガムでは、せめてそれを公言したいと思った。


三浦しほは、聡の思っていたとおりの可憐さと、思っていた以上に嬉しそうな表情で現れた。いま階下《した》にいます、という電話をかけてきた、その電話ボックスにもたれて立っていた。「しほランチ」を携えて。オフィス街の昼休みの日ざしのなかに。まぶしそうに微笑んで。

「週末じゅう、もう会いたくて会いたくて会いたくて会いたくて大変だったんですよ」

ならんで歩きながら、「会いたくて」を三度もくり返した。

「先輩が私をあんまり放っておくから」

冗談めかせて文句を言った。Tシャツにカーゴパンツという恰好のしほはまるで学生のようで、聡の目にまぶしかった。

「残念でした。放っとかれたのは俺の方です」

軽口をたたきながら、噴水のわきに腰をおろした。

「会いたかったよ」

あらためて言い、自分の声が妙にしっとり響いたことにおどろきながら、聡はしほの、するりとした感触の髪に触れた。


本やビデオの積み上げられた、雑然とした部屋のなかにそこだけ深閑と、白いトルコ桔《ぎ》梗《きょう》が活けられている。美也子の活けたものだ、と、瑠璃子は知っている。

「ここはよそのうちなのに」

瑠璃子は言い、窓をあけた。冷房でひえた空気を逃がし、生ぬるい夕方の風にあたる。

「どうして居心地がいいのかしら」

「来て」

ベッドのなかから春夫が呼んだ。

「だめよ。もう服を着ちゃったもの」

「また脱げばいい」

カチリと、ライターの音がした。瑠璃子はふりむき、

「何か言って」

と、言った。

「何を？」

春夫は煙草をくわえたまま訊き返し、その「何を？」は、くぐもってきこえた。

「それ、大好き」

瑠璃子は言い、すいよせられるようにベッドに近づいて、裸の春夫の肩を抱きしめた。

「あなたが煙草をくわえたまま何か言うの大好き。そのときの口元も、けむそうにひそめる眉も、煙草を口から離したときにふーっと大きく吐く煙も」

春夫にのしかかるようによりかかった瑠璃子を、春夫は煙草を持った方の手で抱きよせた。春夫のキスは、深く、やわらかい。

枕元のラジオから、古くさいテクノが流れている。あけっぱなしの窓からの空気が、ベッドまで届いて頰をなでたような気がした。春夫の部屋は森みたいだ。瑠璃子はそう思った。

春夫のいれたインドネシアコーヒーを、瑠璃子はベッドのなかで啜った。これをのんだら帰らなくちゃ。瑠璃子がそう思ったのと、春夫が、

「きょうはまだ帰らないでほしい」

と言ったのと、ほぼ同時だった。

「いま瑠璃子さん、帰る時間気にしたでしょ。俺、あなたに関しては読心術ができるのかもしれない」

瑠璃子は小さくわらった。

「帰らなきゃ」

と、声にだして言った。春夫はすねた顔になる。

「帰らないでほしい」

グレーのスウェットパンツを一枚身につけただけの姿でベッドわきに立っている春夫の足元には、紺青色のダンベルが一つころがっている。

「無理を言うのはやめて」

コーヒーカップを置き、下着を拾って身につけた。

「美也子と別れるかもしれない」

春夫はまっすぐに言った。

「別れたくなった」

瑠璃子は、食卓の上のトルコ桔梗を見やった。

「そして？」

促したのは、先を聞きたかったからではなく、聞きたくなかったからだ。

春夫は黙った。沈黙が生まれ、にらみあう恰好になり、瑠璃子はどうしていいのかわからなくなった。

「俺たちが別れても、瑠璃子さんには関係ないことなのかもしれないけど」

憮然として言い、春夫はTシャツを乱暴にかぶって着る。

「どうして黙ってるんだよ。そのとおりよって言えばいい。いつもみたいに冷静に、そのとおりよって、言えばいいじゃないか」

強い足どりで窓を閉めに行き、春夫は瑠璃子に背を向けたまま、

「あるいはさ」

と、言った。

「あるいはさ、嘘でも、関係あるわって、言うとかさ」

瑠璃子は泣きだしてしまわないように注意しながら、

「関係あるわ」

と、認めた。

「そしてそれは嘘じゃないわ。私はあなたに絶対に嘘はつけない。知ってるでしょう？あなたも私に嘘をついてくれないもの」

そしてね、と、続けた。春夫は部屋のなかに向き、瑠璃子をじっと見つめている。これから自分が言おうとしていることの、あまりの淋しさに、瑠璃子はたじろいだ。まるで、言葉が胸のなかで凍りついたみたいだった。

「そして、何？」

瑠璃子は春夫をにらみつける。春夫はいつも容赦がない。

「そしてね」

瑠璃子はようやく口をひらく。ぞっとするほど淋しい声になった。

「なぜ嘘をつけないか知ってる？　人は守りたいものに嘘をつくの。あるいは守ろうとするものに」

瑠璃子は、自分の言葉が自分の心臓を、うすっぺらな紙のように簡単にひき裂いたのを感じた。

「あなたが美也子さんに嘘をつくように。私が聡に嘘をつくように」

絶望に実体があるとすれば、いまこの部屋にあるものがそれだ、と、瑠璃子は思った。

「でもあなたを愛してるわ」

それはまるで愛の言葉らしくなく響いた。単純な事実としてだけ響いたし、それが瑠璃子の言いたいことだった。

私はこの男を愛している。強烈に。どうしようもなく。身も世もなく。

「ひでえな」

春夫の口にした言葉は、それだけだった。

11

スイート

窓ガラスを磨くのは好きな作業だ。月に一度は磨いている。ガラス磨きのスプレー剤の、たしかにレモンを模してはいるが、レモンとはかけ離れた独特の匂いをすいこみながら、瑠璃子は今朝の春夫を思いだす。

まるで、聡がでかけるのを見張っていたかのように、聡と入れ違いにやってきて、おはよう、と、言った。すこし前に春夫の部屋で、あんなに悲しい言葉を交わしたとは思えない、晴れやかな笑顔で。朝はいつも食欲がなく、青白い顔で、不承〲といった体《てい》で家をでていく聡と、それは対照的な健全さであり暖かさだった。瑠璃子はたちまち顔が笑う。嬉しさが溢れて心がとろける。この男を拒絶することなど、どうすればできるだろう。

日のあたるテーブルで、向かい合って紅茶をのんだ。臆面もなく見つめあい、ときどき照れてふふと笑った。

奇妙なことに——。サッシ窓のゴムパッキン部分を雑巾で拭きながら、瑠璃子は考える。奇妙なことに、いつも聡と二人でいるこの空間で、春夫とお茶をのむのが不自然ではなかった。違う。不自然といえば不自然なのだが、違和感の元は春夫ではなくて、部屋の方だった。

瑠璃子には、自分と春夫がどこかよその家の居間で紅茶をのんでいるように思えた。二人が本来いるべき場所ではない場所で。

一時間たらずで春夫は帰った。瑠璃子は玄関で見送った。ドアをあける前に抱擁され、それは力強くながい抱擁だったのだが、春夫の腕のなかで、衣服の匂いをすいこみながら、瑠璃子はよその家に一人だけ置き去りにされるような心細さをたしかに感じた。

それでいて――。てきぱきと雑巾をゆすぎ、ついでにカーテンも洗濯しようと思い立って脚立を持ちだし、レースのやつだけをレールから取りはずしながら瑠璃子はさらに考える。それでいて、ドアが閉まると俄然家事にやる気がでて、紅茶茶碗を片づけ、窓ガラスを磨き、今度はカーテンまで洗おうとしているのだった。

脱衣所は狭く、ひんやりしている。洗濯機をまわしながら、聡のことを考えた。いまごろ会社で働いているのであろう聡のことを。なつかしい気持ちがした。会いたい、といってもよかった。瑠璃子にとって、聡の存在の大きさ――単純に言語の意味および構造として、それは小ささと言い換えてもおなじことだと瑠璃子は思い、苦笑するのだったが――はかわらない。出会ってからの数年も、結婚してからの数年も、聡はずっとおなじだった。まじめで、瑠璃子の知らないことをよく知っていて、瑠璃子を外界から護ってくれている。窓みたいに。一方で聡はひどく子供じみていて、日々瑠璃子を必要としている。窓が部屋を必要とするみたいに。

春夫に出会うまで、瑠璃子は、まさか自分が恋をするとは思ってもみなかった。夫の浮気についてはくり返し空想し、とるべき態度をいろいろにシミュレートして考えたが、まさか自分が恋をするとは。


「これ、すっごい布団ですね」

しほは邪気のない声をだした。ラブホテルは狭く、ベッドには真赤なサテンの布団がかけられている。紙袋に入ったコーラとフライドチキンには手もつけず、聡はしほの唇をふさぎ、ベッドに倒れこんだ。両親のるすを待ちこがれて女の子をつれこんだティーンエイジャーみたいに。

しほランチのある日、一日のうち、昼休みの一時間が断然聡の中心だった。まるでエアポケットだ。別の時間、別の場所。空気の密度までちがう。そして自分の人格も。

「先輩こわい」

聡の顔を見上げて、しほはそんなことを言った。

「この部屋のドアがあかなくなればいいのに。先輩と二人で、ここに閉じこめられちゃえばいいのに」

しほの言葉は、ばかばかしいまでに聡をかりたてる。瑠璃子の発する言葉と、それは全然ちがっている。もっと稚拙で、もっと正直だ。そして自分の心臓に直接とどく。

こんなうす暗い、こんな不衛生な、こんな真赤な布団の上で、瑠璃子なら絶対身体を許さないだろう。

「もっと近くがいい」

しほは聡にしがみつく。

「もっとくっついて」

身体を重ねても重ねても、しほは満足しなかった。

「もっと全部くっつきたい」

不安そうにそう言った。聡はしほにのみこまれそうになる。椅子の背にかけた背広やネクタイ。窓のないホテルの一室で。


聡はやさしい、と、瑠璃子は思う。私は聡に甘やかされている。聡の手のひらの上で、いい気になっているのだ、と。

聡は毎朝鏡の前で歯ぐきのチェックをして会社にでかけ、仕事をして、毎日ここに帰ってくる。瑠璃子の掃除した部屋のなかで、瑠璃子のつくった夕食をとり、瑠璃子の思うとおりにしつらえた寝室で眠る。実際、瑠璃子は部屋の造作には心をくだいた。イギリス製の布であつらえたカーテンと、ながいことかかってあつめたアンティークのベアたち。このうちは自分そのものだ、と、瑠璃子は感じる。

春夫との約束の時間が迫っていた。電話をして断ればいい、と、瑠璃子は自分を促す。急ぎの仕事が入ってしまった、と、言えばいい。あるいはちょっと頭痛がするから、と。

あるいはいっそ、きょうは会いたくない、と。

　このごろ、瑠璃子はいちいち揺れる。このマンションにいるときには、聡がすべてであると思い、春夫と別れようと思う。春夫のそばにいるときには、春夫さえいればいいと思い、聡とは別れたいと思う。私には、考えというものがないのかもしれない。頬杖をつき、ベアの一つを眺めながら瑠璃子はそう考える。私はいつも、目の前のことだけで手いっぱいになってしまう。

　そのときに電話が鳴った。

「瑠璃子さん？」

　文だった。この子はいつもタイミングが悪い。

「あたし。いま駅にいるの。ちょっと寄ってもいい？」

「ごめんなさい。ちょうどでかけるところだったの」

　瑠璃子は言い、しかし次の瞬間、思い直した。

「あ、いいわ、大丈夫。いま駅ね。ええ、待ってるわ」

　文は、はーい、と言って、電話を切った。瑠璃子は自分の気のかわらないうちに、そのまま春夫に電話をかける。

「ごめんなさい。お客様が来るの。聡の妹の文ちゃんなんだけど。いつも突然やってくるのよ」

　春夫はおこらなかった。ふうん、と、言った。

「わかった。そういうことにしてあげるよ」

「なあに、それ。ほんとに文ちゃんが来るのよ」

春夫は返事をしなかった。かわりに、

「じゃあそのあとで会って」

と、言う。

「無理よ。もう夕方になっちゃうし、あなただってお店があるでしょう？」

「じゃあ店に来てくれればいい」

「強引なのね」

「会いたい」

春夫の声は小さく、でも確固として響いた。

「どうしてもきょう会いたい」

春夫の、一途《いちず》でかなしそうな横顔が目に浮かんだ。

「美也子と別れた」

「え？」

ふいうちだった。

「美也子と別れた」

瑠璃子は、口にすべき言葉をおもいつかなかった。

「あなた、大丈夫？」

玄関でベルが鳴り、続いてドアのあく音と、こんにちはあ、と言う文の声がした。

「大丈夫じゃない」

春夫は言い、瑠璃子はますます言葉に窮《きゅう》する。

「あ、電話中？」

とりわけ声をひそめるでもなく文が言い、瑠璃子は混乱して、

「切らなきゃ」

と、言った。


「青山のレストラン？」

手早く服を身につけながら、しほは訊いた。

「もちろん憶えてますよ、手長エビを食べたとこでしょ？　洒落てて、すてきだったもの。壁は水色だった」

ベッドの反対側で自分も服を身につけながら、聡は、ごめん、と、言った。

「ちょっと前に、瑠璃子をつれていってしまった」

うそ、と言ったしほの声は、しかし聡が恐れていたほど怒ったふうでも悲しそうでもなかった。単純に驚いた声だ。

「ごめん」

聡はもう一度あやまる。正直に言えたことでほっとしていた。しほに嘘はつきたくない。

「だけどさ」

声の調子をあかるくして、聡は急いで続きを言う。

「だけど全然違った。しほと行かなきゃだめみたいだ。べつに彼女が悪いわけじゃないんだけど、俺は、しほと行ったときみたいにたのしくもおいしくもなかった」

瑠璃子を彼女と呼んだことで、聡は自分が妻から独立しているような気がした。瑠璃子の得意の比喩である「ミシェールとポーレット」ではなく、一個の人間としてしほと向い合っている気がした。

「ほんとかなあ」

言葉こそ懐疑的だが、嬉しさを隠しきれない声でしほは言った。

「ほんとにほんとかなあ」

しほの、こういうあかるさが聡の胸に響くのだった。あかるさと健気さ、そしてたぶん、頭のよさ。

「ほんとさ」

部屋をでるころには、聡はすがすがしい気分になっていた。

「だからまたいこう。すぐいこう。たとえば今夜もう一度会ってくれたら」

嬉しい、と声をあげて、しほは万歳のポーズをした。エレベーターのドアの前で。

ビル街を、歩いて二十分で聡の会社だ。埃っぽい真昼の空気と、足元で乾いた音をたてる枯葉。たった一時間の、あわただしい、でも単純で安らかなしほとの逢瀬だった。

春夫はずるい。

地下鉄に揺られながら、瑠璃子は唇をかんだ。あんなに傷ついた声をだすなんて、春夫はずるい。私が結局やってくることになるのを、春夫は知っているのだ。

春夫に傷ついてほしくなかった。自分が傷つくこと以上に、聡が傷つくこと以上に、春夫の傷つくことが怖かった。

改札をぬけ、階段をあがる。角の銀行、その向いのファストフード屋からただよってくる匂い。春夫の住む街が、いつのまにか自分にとってとても親《ちか》しいものになっていることを思い知らされながら、瑠璃子は足早に歩いた。

――ちょっとでかけてこなくちゃ。

瑠璃子が言うと、文は訳知り顔ににやりとして、

――急用みたいだねー。

と言い、

――いいよ、あたしはべつに急がないから、ここで待ってる。

と言った。

文がなにをどう憶測していようと、それにかまっている余裕はなかった。いくべきではない、とわかっていても、同時に、自分が必ずいくこともわかっていた。

春夫の人格が好きだった。春夫の人格の宿ったなにもかも――ちょっとした表情の変化

や、腕や、唇や、体温や、すねや、髪や、感情に卒直なあの声が好きだった。

春夫の人生と自分の人生はすこし似ている、と思う。聡のそれとは似ていないのに。

――瑠璃子さんきれいね。

玄関で、文はそんなことを言った。

――ね、もし瑠璃子さんが帰る前にお兄ちゃんが帰ってきたら、なんて言っとけばいい？

などとも。

春夫は、ベランダで煙草をすっていた。路地に立つ瑠璃子をみると、心からほっとした顔で息を吐いてから微笑み、次の瞬間にはベランダからひっこんで、じきにアパートの外にでてきた。

瑠璃子はつっ立ったまま抱擁を受ける。抱きしめ返すことはしなかった。ただ、会えたことに安堵《あんど》していた。

アントワーヌは台所のテーブルの上に置かれていた。小銭とキーホルダー、それにどういうわけか、歯ブラシが一本。

春夫はインドネシアコーヒーをいれながら、

「来てくれないかと思った」

と、言った。

「嘘」

瑠璃子は言ったが、それが嘘ではないことを知っていた。だからこそ来てしまったのだ。

「心配したわ」

瑠璃子は言った。

「ものすごく心配したわ」

自分でも思いがけないことだったが、それは怒りだった。

「いいから」

さえぎって抱きよせようとする春夫の腕をふり払った。

「来るべきじゃなかった」

来るべきじゃなかった、と、瑠璃子はくり返した。自分に腹が立った。混乱し、不安で、心臓がひどくはやく強く打っている。

「こわかったわ」

いいから、と、春夫はもう一度言う。

「こんなの全然スイートじゃないわ」

しゃくりあげた。

「落ち着きなよ」

手首をつかまれ、今度はふりほどくことができなかった。春夫の胸に、顔がぶつかる。すっかりなじんでしまった春夫の皮膚の匂い、そして体温。

「ほら瑠璃子さん、落ち着きなってば」

背中を、あやすようにたたかれていた。

「別れたのは俺なのに、どうして瑠璃子さんが泣くんだ？」

可笑しいよ、と言って、春夫は弱く笑った。

「可笑しくないわ」

かなしかった。そして、腹が立った。瑠璃子の声は思いきり湿っている。

「あなたを愛してるからよ」

言ってしまうと、また涙がでた。癇癪を起こした赤ん坊そっくりの泣き方だと自分でも思う、身も世もない泣き方だった。顔が熱く、息が苦しい。春夫は背中をたたくのをやめ、そのままじっと、瑠璃子を腕に入れていてくれた。

「それは」

やがてぽつりと言う。

「それはとても、スイートじゃないか」

12

トリカブト

　これは最新式、としほの勧めたゲームはライフルで敵を撃ち、誘拐されたアメリカ大統領の一家を救出する、というものだった。屋上に立ち、別のビルの屋上にいるテロリストたちを撃つ、というファーストステージは難なくクリアしたが、フットボール場に逃げこんだ敵を捕えるセカンドステージは上手くいかなかった。

「すっごく難しいんです、これ」

　しほは言う。

「でも、おもしろいでしょう？」

と。

　ほかに、パワーショベルで砂を運ぶゲームも試した。

「これもブランニュー」

　だとしほが勧めたからだ。

　金曜の夜。聡は女連れで歌舞伎町をうろついている。

「もうちょっとのむ？」

ゲームセンターをでると、聡は訊いた。食事をした場所では、ビールをすこしのんだだけだった。しほは首をかしげる。

「それもいいけど」

街はまだまだ賑やかだ。ちらし配りたちのあいだを、酔った勤め人たちが通りすぎていく。

「でも、時間があるならちょっとあっちにいってみるっていうのはどうですか？」

しほは、聡の手を持って軽くひっぱった。

「あっち」とは、ホテルのならぶ界隈《かいわい》のことだ。

しほにねだられるのは、悪い感じではなかった。大方の女――聡の思う大方の女――と違い、しほは、決してはすっぱな感じではなく、お菓子をねだる子供のような単純さとあどけなさで、それをするのだ。

「異議なし」

聡はこたえ、手をつないで「あっち」にむかう。自分は自由だ、と感じた。学生時代のように自由だ、と。


金曜日。瑠璃子は頼まれていた原稿を書こうと、居間のテーブルに向っていたが捗《はかど》らなかった。紅茶も、手をつけないまま冷めてしまった。

聡は、学生時代の仲間とのむから遅くなる、と言っていた。夜はながい。瑠璃子は考える。このまま春夫と別れたら、私はこの先ずっと、来る日も来る日もこの部屋のなかで、聡の帰りを待ってすごすのだ、と。

春夫とは、あれ以来会っていなかった。春夫は一度電話をよこし、会いたい、と言ったが瑠璃子は断った。

——会うと困らされるもの。

自分でも、正直すぎると思う言葉で断った。

——困らせない。約束する。

春夫は言った。

——いま以上は望まないから。

と。

それについて、瑠璃子は考えた。そして、

——でも困るわ。

と、こたえた。

——あなたが困らせなくても、私が勝手に困ってしまうの。あなたが望まなくても、私が自分で望んでしまうの。

それなら、と言いかけた春夫をさえぎって、瑠璃子は、

——もう、やめなくちゃ。

と、言ったのだった。もう、やめなくちゃ。

あの、電話。

瑠璃子にはよくわからない。大泣きしたら、すっきりしてしまった、などということがあるだろうか。

春夫のつくる空気、選ぶ言葉、あの部屋でのむコーヒー。春夫の手首の骨、あしのうらのかたち、すこし衿ののびたＴシャツからのぞく鎖骨。いきなりぽっかりあらわれる笑顔、すねた物言い、煙草をすうときにひそめる眉。瑠璃子を抱きしめる腕の力強さ、唇が溶け、腰くだけになるキス、春夫の肌の匂い。

一つ思いだすごとにめまいがする。

風通しよく散らかった部屋のなかで、何度も何度も抱きあった。字幕を隠すためにガムテープを貼ったテレビ、途中でベッドに移動してしまうので、いつも半分しか観られなかった映画。瑠璃子は画面のガムテープを邪魔だと思ったが、同時にいとおしいと感じた。居酒屋で働くときの春夫のきびきびした動き、おんぼろの自転車。

全部思い出のように思える。スイートな思い出のように。


ウーロン茶は二百円で、ミネラルウォーターは二百二十円だった。ホテルの冷蔵庫から飲み物を買い、聡としほは、裸のままそれをのんだ。それからピンク色のバスタブに湯をはって、二人一緒につかった。

「先輩、車持ってます？」

しほがいきなりそう訊いた。

「いや、持ってない」

「免許は？」

「持ってるけど、めったに運転しないからな。ひさびさにレンタカーを借りたこのあいだのスキー以来、してない」

風呂場は広く、清潔にみえた。ボタンを押すと、バスタブのあちこちからぼこぼこと泡がでた。

「じゃ、私が運転します」

しほは宣言した。

「だから今度、ドライブにいきましょう」

と。

「夏休み、一週間くらいあるんでしょう？　その一週間のうちの一日だけ、私にくれるっていうのは？　私、お休み合わせますから」

「いいよ、いこう」

しほのすべらかな背中を抱きながら、聡は言った。

「どこにします？　遠くがいいな。日帰りでいかれるいちばん遠く！」

簡単なことだった。しほこそ、聡の考える「女」だった。聡の好きな、そして、必要な。

「それって名古屋くらいかなあ。北なら福島とか？」

しほの言い方がいじらしかったので、聡はつい、

「もっといかれるさ」

と、言ってしまった。

「奈良でも、京都でも、宮城でも、岩手でも」

言っているうちになんだか寛大な気持ちになって、

「いこうと思えばどこにだっていかれるよ。帰れなくなったら、泊ればいい」

とまで言ってしまったのには自分でもすこしおどろいた。しほは一瞬意外そうな顔をして、それから湯のなかで身体をねじり、聡の首に両腕をまわした。

しほこそ、と、聡はまた考える。しほこそ自分に必要な女だ。やさしいがきっぱりしていて、聡に頼りきっているようなのに独立していて、愛らしいが大胆で。それに、何より理解できる。理解できる相手は、安らかだ。

「約束ですよ」

聡の首にしがみついたまま、しほは言った。

「やぶったら、針千本のませますからね」


記憶。

瑠璃子はそれについて考える。聡と出会った日から、デートを重ねた日々、ふいに心が触れあってしまったと思えたいくつもの瞬間、聡を孤独なひとだと思ったこと、自分も孤

独だったと気づかされたこと、一緒にいたいと思ったこと。

瑠璃子はちゃんと記憶していた。ちゃんと、でもひどく遠く。住む場所を一緒に探したこと、何もない部屋に、聡がまずテレビとステレオをとりつけたこと、瑠璃子が仕事で外にでた日、帰ればそこにいつも聡がいたこと。聡は味方だったこと。結婚なんて無謀だと言うアナベラに、あなたはまだそういう相手にめぐりあっていないのよ、と、言ったこと。

ベランダは空気がなまぬるく、蒸し暑い。大家さんの家にはまだ灯りがこうこうとついていた。

でも、春夫とのあいだの出来事は、それらの記憶とは全然つながらないものだった。全然つながらない、だから全然矛盾しない、だから記憶とそれに連なる現実を破壊することもできない——。

スイートな、別の記憶。


最終電車はひどく混んでいた。

なんだってみんな、金曜日というと酔っ払いたがるんだろう。聡は、自分がいまこの電車に乗っている理由は、他の人々のそれとは全然違うのだ、という誇りのもとに、そう考える。車内じゅう酒臭いじゃないか、と。それから、しほの乗っている電車がこんなに混んでいないといいと願った。混雑をいいことに、酔っ払ったオヤジがしほにすりよったりしないように。

　瑠璃子をかなしませるつもりはなかった。むしろしほとつきあいだしてからの方が、瑠璃子との関係はスムーズになったような気がする。

　地下鉄を降りると、ひどく気分がよかった。身も心も軽々としていた。コンビニに寄って雑誌を買って帰ろう、と、思った。瑠璃子の嫌う、スナック菓子とコカ・コーラも。そして瑠璃子に会ったら、いつもよりながく「腕に入れて」やろうと思った。


「ただいま」

　聡が腕に入れてやると、なぜだか瑠璃子の方がそう言った。目をとじて、小さな声で。

「どこか行ってたの？」

　尋ねるとくすくす笑った。

「行ってたわ」

　と、こたえる。ありがとう、と言って腕からでた。

「見て」

　促され、テーブルの上を見て、聡は瑠璃子がなぜこうも機嫌がいいのかわかったと思った。

「新しいくま？」

　尋ねると、瑠璃子は紙を一枚手にとって、

「見て」

と、もう一度言った。見ても、聡にはわからなかった。この家にいくらもある、型紙の一つにしか見えない。

「とびきり力強いベアをつくってるの」

瑠璃子は説明した。

「青年のベアなの」

それは、瑠璃子にとって何か意味のあることであるらしかった。

「いいね」

それでそう言った。

「たのしみだね」

「お茶、のみますか」

丁寧語になって瑠璃子が訊き、

「はい、いただきます」

と聡はこたえる。瑠璃子のいれるお茶はおいしい。


「瑠璃子さんたちってほんとにへんへん」

文は、緑茶を粉引の茶碗で——華奢な人差し指を縁にかけ、左手を添えて全体を持ち上げる奇妙な持ち方で——のんで、そんなことを言った。

午前九時。聡はまだ起きてこない。

「暑いねー」

これ以上涼しい恰好はない、と思えるスリップドレス姿で、でも文は心底ぐったりしたように、窓の外をみながら言った。

「朝ごはんは食べた？　よかったらお粥があるけど？」

文は、いらない、と短くこたえて細い煙草に火をつけた。

「瑠璃子さんとお兄ちゃんをみてると、ほんとにわからなくなっちゃう」

かたちのいい唇をすぼめ、煙を細くながく吐く。そして両足を乱暴にのばし、

「あー、イライラする」

と、言った。文は、愛人との仲が「不調」なのだそうだ。午前八時にやってきて、そんなことを言った。最近、その男の「腰がひけてる」のだ、と。

「いいこと教えてあげましょうか」

瑠璃子は言った。

「心中するならソラニンよ」

ソラニン？　と、訊き返した文に説明してやる。じゃがいもの芽には毒があってね、ソラニンっていう名前なんだけど、それをたくさん育ててね、つくだ煮にして一緒に食べればそれで終りよ。

文は、一瞬ぽかんとしたあとで、けたけたと笑った。

「じゃがいもの芽ー？　だめだよ、そんなの。毒のうちに入らないってば。瑠璃子さんってほんとに可笑しい」

ひとしきり笑ったあと、文は瑠璃子の手に軽くふれ、

「うちの田舎のあたりにはね、もっといいものがあるよ」

と、言った。

「それはね、トリカブト」

トリカブト。

「モミジガサっていう山菜とそっくりだから、ばれたときも言い訳しやすいかもねー」

トリカブト。

瑠璃子は、胸の内で数回その名前をくり返した。

「文ちゃんたら、怖いこと言うのね」

そして、ああトリカブトだ、と、思った。あんなふうに恋をして、それをあきらめてまで守った聡と、二人っきりで、「禁じられた遊び」のミシェールとポーレットみたいに寄り添って暮らせないとしたら、そのときはトリカブトだ。おひたしと天ぷら。炊き込みごはんにしたらどんな味だろうか。

部屋のなかはあかるく、テーブルの上にはつくりかけのベアの胴体が、まるで日なたぼっこでもしているみたいにころがっている。聡と瑠璃子の、愛の家のなかで。

この作品は「星星峡」一九九八年二月創刊号から二〇〇〇年一月号までの間、十二回にわたり掲載されたものを、二〇〇四年二月、単行本化にあたり大幅に加筆・修整したものです。

装幀　平川彰（幻冬舎デザイン室）
写真　和田靖夫

〈著者紹介〉
江國香織　1964年東京都生まれ。89年「409ラドクリフ」でフェミナ賞受賞。「こうばしい日々」で坪田譲治文学賞、産経児童出版文学賞を、「ぼくの小鳥ちゃん」で路傍の石文学賞を受賞。小説に『ウエハースの椅子』『ホテルカクタス』『冷静と情熱のあいだ　Rosso』ほか、著書多数。2002年「泳ぐのに、安全でも適切でもありません」で第15回山本周五郎賞を受賞。2004年「号泣する準備はできていた」で第130回直木賞受賞。

GENTOSHA

スイートリトルライズ
2004年3月25日　第1刷発行
2004年4月25日　第3刷発行

著　者　江國香織
発行者　見城 徹

発行所　株式会社 幻冬舎
〒151-0051　東京都渋谷区千駄ヶ谷4-9-7

電話:03(5411)6211(編集)
03(5411)6222(営業)
振替:00120-8-767643
印刷・製本所:中央精版印刷株式会社

検印廃止

Printed in Japan
ISBN 4-344-00488-4 C0093
幻冬舎ホームページアドレス　http://www.gentosha.co.jp/

この本に関するご意見・ご感想をメールでお寄せいただく場合は、comment@gentosha.co.jpまで。